格温迪 的 按钮盒

〔美〕斯蒂芬·金 理查德·基兹玛 著

鄢宏福 译

斯蒂芬·金作品系列
STEPHEN KING

GWENDY'S
BUTTON BOX

人民文学出版社
PEOPLE'S LITERATURE PUBLISHING HOUSE

著作权合同登记号　图字 01-2019-8041

GWENDY'S BUTTON BOX

图书在版编目(CIP)数据

格温迪的按钮盒/(美)斯蒂芬·金,(美)理查德·
基兹玛著;鄢宏福译. —北京:人民文学出版社,2021(2021.4 重印)
(斯蒂芬·金作品系列)
ISBN 978-7-02-015994-9

Ⅰ.①格… Ⅱ.①斯… ②理… ③鄢… Ⅲ.①中篇小
说-美国-现代 Ⅳ.①I712.45

中国版本图书馆 CIP 数据核字(2020)第 032279 号

出 品 人　黄育海
责任编辑　朱卫净　张玉贞
封面设计　陈　晔

出版发行　人民文学出版社
社　　　址　北京市朝内大街 166 号
邮政编码　100705
网　　　址　http://www.rw-cn.com

印　　刷　杭州钱江彩色印务有限公司
经　　销　全国新华书店等

字　　数　60 千字
开　　本　890 毫米×1240 毫米　1/32
印　　张　3.25
版　　次　2021 年 1 月北京第 1 版
印　　次　2021 年 4 月第 2 次印刷

书　　号　978-7-02-015994-9
定　　价　35.00 元

如有印装质量问题,请与本社图书销售中心调换。电话:010-65233595

1

有三条路从城堡岩镇通往维尤堡，分别是117号公路、宜人路和"自杀阶梯"。这个夏天，每天（甚至包括星期天）十二岁的格温迪·彼得森都会走自杀阶梯。自杀阶梯是一条由坚固的铁栓支撑、贴着山崖盘旋而上的小路（由于时间久远，铁栓已经生锈）。她走上头一百级阶梯，慢跑上第二个一百级，然后强迫自己跑上最后的一百零五级，用她爸爸的话说，她是不顾一切地往上跑。登顶之后，她累得面红耳赤，弯下腰，撑着膝盖，汗水打湿的头发变成几绺粘在脸上（不管她把马尾辫扎得多紧，跑到最后头发总是会散开），像拉车的马一样喘着粗气。现在情况已经有所好转。当她直起身往下看时，她已经能够看到运动鞋的鞋尖了。六月的最后一天她还做不到这一点。那天正好是她从城堡岩小学毕业的日子。

汗水浸透的上衣粘在身上，但总体上她感觉很好。六月，每次她爬到阶梯顶端时都有种想死的感觉。在这里，她能听到附近体育场上孩子们的叫喊声。从更远一点的地方，传来铝棒击打棒球的声音，青年棒球队的孩子们正在为即将在劳

动节 ① 举行的慈善比赛训练。

她从短裤口袋里掏出手帕，擦拭眼镜。手帕一直装在口袋里，专门用来擦拭眼镜。正在这时，突然有人喊他："嗨，小姑娘。你过来一下。我们两个聊聊。"

格温迪戴上眼镜，模糊的世界顿时清晰起来。在自杀阶梯通往维尤堡休闲公园的一条石子小路旁，阴暗处的一张长凳上坐着一个男人，他身穿黑色牛仔裤、黑色西装和白色衬衫，衬衫领口敞开，头上戴一顶精致的小黑帽。从此，这顶帽子就开始在格温迪的噩梦中频繁出现……

一个星期以来，这个男人一直坐在这张长凳上，一直读着同一本书（他读的是《万有引力之虹》，书很厚，看起来很费力），但直到今天他才跟她搭话。格温迪对他保持警惕。

"大人不让我跟陌生人说话。"

"这么做是对的。"他看起来跟她爸爸年龄相仿，三十八岁上下，相貌并不难看，但是八月份的早上，天这么热还穿着黑色西装外套，按照格温迪从书上读到的知识来判断，他肯定是个怪人，"是你妈妈告诉你的，对吧?"

"是爸爸说的。"格温迪说。她必须从他身边经过，才能到体育场去。如果他真是个怪人，他可能会抓住她，但她并不太担心。毕竟，现在是大白天，体育场离这里很近，体育

① 美国的劳动节是 9 月的第一个星期一。——译注，下同

场里面人很多，而且，她已经缓过气来了。

"这样的话，"穿黑色外套的男人说，"我介绍一下自己吧。我叫理查德·法里斯。你叫——"

她犹豫了一下，转念想，告诉他又何妨？"我叫格温迪·彼得森。"

"好。我俩已经认识啦。"

格温迪摇摇头。"光知道名字还不能算认识。"

这个男人仰头大笑。他笑得很率真，很有魅力。格温迪忍不住也笑了。但她仍然跟他保持一定的距离。

他用手朝她做了个开枪的动作：砰。"这话说得好。你人挺好，格温迪。话说回来，这个名字是什么意思？"

"这是两个名字的组合，爸爸想给我取名叫格温德琳——他奶奶叫格温德琳；妈妈想给我取名叫温迪，就像《彼得·潘》中的温迪一样。最后两个人各让了一步。您来这里度假吗，法里斯先生？"他看起来很有可能；毕竟这里是缅因州，缅因州自诩为度假天堂。连缅因州的车牌上都是这么写的。

"可以这么说吧。我总是到处跑，这周待在密歇根州，下周待在佛罗里达州，没准儿一会儿又跑到纽约州的康尼岛，品尝一下原汁原味的热狗，体验一下旋风过山车。我算是个流浪者，全国到处巡视。我会关注一些人，时不时考察一下他们。"

这时运动场上球拍发出叮当的响声，场上响起一阵欢呼声。

"很高兴跟您聊天，法里斯先生，但是我得走……"

"等等。你看，我最近在关注的人，有你一个。"

这话听起来很危险（的确有点儿危险），但是他脸上的笑容依然没有消失，他的眼睛活泼可爱，如果他是个变态，那他一定隐藏得很深。她心想，有些变态隐藏得很深。蜘蛛会对苍蝇说，欢迎来到我家。

"我对你有个想法，格温迪·彼得森小姐。这是我经过仔细观察得出的想法——所有出色的想法都是经过仔细观察得出的。你想听听吗？"

"当然啦，想听。"

"我发现你有点儿发胖了。"

或许他看到格温迪听完之后立即收紧了身体，因此他举起一只手，摇摇头，仿佛在说速度还不太快。

"你甚至会认为自己很胖，因为在我们这个国家，女生和女人对外表的态度很怪。媒体……你知道我说的媒体是什么意思吗？"

"当然知道，报纸、电视、《时代》周刊和《新闻周刊》之类的。"

"说得对。不错。媒体上说，女生和女人，在这个平等的新世界里，只要站直身体能看到脚尖，你想要什么就能得到什么"。

原来他一直在观察我，格温迪心想，因为我每天爬到阶梯上都会这么做。她涨红了脸。脸红有点儿情不自禁，但脸红还只是表面现象。背后还有一种"那又怎么样"的反抗。这正是她爬自杀阶梯的原因所在。除此之外，还有一个原因，那就是弗朗基·斯通。

"我看是有人在嘲笑你的体重，或者嘲笑你的长相，或者两者兼而有之，所以你决定采取措施。我说得不假吧？就算没有正中靶心，应该离靶心也不远吧？"

或许因为他是个陌生人，格温迪觉得可以向他倾诉连父母都不知道的秘密。抑或是因为他的蓝色眼睛，充满好奇和兴趣，但又丝毫没有流露出猥琐——至少她没有看出来。"学校里有个混蛋，名叫弗朗基·斯通，他给我取了诨名，叫固特异。知道吗，说我长得像……"

"像飞艇一样，是的，我知道固特异飞艇。"

"啊哈，弗朗基这个混蛋。"她想告诉这个男人，弗朗基是如何一边在体育场上大摇大摆地闲荡，一边哼着"我是弗朗基，看我的大鸡鸡"，但转念一想，又不想说了。

"别的男生也开始这么叫我，女生也跟着这么叫。这些女生里不包括我朋友。这是六年级发生的事。下个月我就上中学了，而且……"

"你决心不让这个诨名跟着你进入中学，"理查德·法里斯先生说，"我明白了。你还会长高，知道吗？"他上下打量一下她，但他的眼神一点都不可怕。这种眼神很理性。"我看你可以长到五英尺十英寸，甚至十一英寸。对女生来说，这个个头够高了。"

"我已经开始长高了，"格温迪说，"但我不想就这么干等着。"

"跟我想的一样，"法里斯说，"不要干等着，不要怨天尤人，要正视问题，直面以对。真是让人佩服。我就是看中了你这一点。"

"跟您聊天很愉快，法里斯先生。但是现在我必须走了。"

"别走，站那儿别动。"他的笑容消失了。他一脸严肃，蓝色的眼睛似乎变成了灰色。帽子在他眉毛上方留下一线阴影，仿佛是一道文身。"我有样东西给你，是个礼物。你就是我要找的人。"

"我不要陌生人的礼物。"格温迪说。这时她感到有点儿害怕，而且不止一点儿害怕。

"光知道名字还不算认识，这么说我同意。但是你和我，我们俩不是陌生人。我了解你，我知道这个礼物应该属于你这样的人。你年纪轻，意志坚定。格温迪，我看到你之前，就感觉到了。我拿给你吧。"他挪到长凳一端，拍了拍座位，"来，坐我旁边。"

格温迪走到长凳边，感觉像是做梦一般。"你……法里斯先生，你不会伤害我吧？"

他笑了。"难不成我会抓住你？把你拉到灌木丛里强奸你?"他指着小路对面四十英尺远的地方说。在那里,二三十个身穿"城堡岩露营"T恤的孩子正在滑梯、秋千和猴架上玩耍,四名露营老师正看着他们。"我想这么做我是跑不掉的,你说是不是?而且,我对年轻女孩也没有兴趣。我对她们一点儿兴趣都没有,我说过——或者至少暗示过——你跟别人不一样。请坐吧。"

她坐下来,身上的汗水凉了下来。她心想,虽然他嘴上说得好听,接下来他会尝试亲她,他才不会顾及体育场上的孩子和几位青年看护人。但他没这么做。他从长凳底下拿出一个带抽绳系带的帆布包。他拉开绳子,掏出一个漂亮的红木盒子,呈深棕色,油漆下方发出细小的红色闪光。盒子约有十五英寸长、一英尺宽、半英尺高。她立即就想得到这个盒子。不光因为盒子很漂亮。她之所以想得到盒子,是因为盒子就是她的。感觉像是一件珍爱已久的宝贝,很久以前已经遗失并且遗忘,现在又失而复得。像是在她的前世里,当公主的时候曾经拥有过的东西。

"这是什么?"格温迪轻声问。

"这是个按钮盒,"他说,"是你的按钮盒。看看吧。"

他将盒子斜过来,格温迪看到上面有些小按钮,六个按钮排成两行,另外,盒子两端各有一个按钮。总共八个按钮。成对出现的按钮分别是淡绿色和深绿色、黄色和橙色、蓝色和紫色。两端的按钮一个是红色,另一个是黑色。盒子两端还各有一个拉杆，看起来就像一个投币槽。

"这些按钮需要很大力气才能按动，"法里斯说，"必须用大拇指，使劲按。难按有难按的好处，相信我。可不能随便乱按。尤其是黑色按钮。"

格温迪已经把对这个男人的害怕抛之脑后。她彻底被盒子吸引了，他把盒子递过来时，她接在手中。她以为盒子很沉——桃花心木木质本来就很沉，而且不知道里面装了什么——但实际上并不沉。她可以弯起手指上下颠动盒子。格温迪用一根手指抚摸了一下玻璃质感、略微凸起的按钮表面，按钮的颜色照亮了她的皮肤。

"为什么要给我？这是干什么用的？"

"这个等下再说。现在，请看一下小拉杆。拉杆操作起来比按钮容易得多。一根小指就行。拉一下左边的拉杆——靠近红色按钮这个——盒子就会吐出一块动物形状的巧克力。"

"我不……"格温迪说。

"你不吃陌生人的糖果，我知道，"法里斯一边说，一边眨动眼睛，动作惹得她想笑，"我们不是讨论过这个了吗，格温迪？"

"我要说的不是这个。我本来想说，我不吃巧克力。今年夏天我不会吃巧克力。我要是继续吃糖，还怎么减肥呢？相信我，一旦我开始吃的话，就停不下来。尤其是巧克力。我简直是巧克力控。"

"噢，但这个盒子吐出的巧克力很神奇，"理查德·法里斯说，"个头很小，比果冻豆大不了多少，味道很甜……而且吃了一颗，不会想吃第二颗。吃完你就想吃饭，而且无论吃什么，都不会想吃第二下。也不会想吃其他东西。尤其是晚上吃的容易发胖的东西。"

在这个夏天之前，格温迪每晚睡觉前一个小时左右，都会吃些棉花糖酱加花生酱三明治，所以她很清楚他说的是什么意思。而且，她每天早上跑步之后都感觉很饿。

"听起来像是一款神奇的减肥产品，"她说，"那种吃了之后让你不停尿尿的东西。我奶奶试过这种东西，吃了个把星期就病了。"

"不会。那只是巧克力而已。不过味道很醇。可不像商店里买的棒棒糖。试试吧。"

她犹豫了一下，但没有犹豫多久。她弯起小指——拉杆很小，用其他手指肯定很难操作——拉动拉杆。投币槽打开了。一个小巧的木架子滑出来，上面是一只巧克力兔子，只有果冻豆大小，跟法里斯先生说的一样。

她拿起巧克力兔子，惊奇地看着。"哇。看这兔毛，还有耳朵！还有可爱的小眼睛。"

"是啊，"他赞同地说，"很漂亮，对吧？快放到嘴里吧！快！"

格温迪不假思索地把巧克力放到嘴里，嘴里立刻充满甜蜜的味道。他说得对，她从来没有吃过这么好吃的好时牌巧克力。她甚至不记得自己什么时候吃过这么好吃的东西。那种美妙的味道不光充斥在嘴里，而且弥漫在整个脑子里。巧克力在舌头上融化时，小架子滑了回去，投币槽又合上了。

"味道不错吧？"他问。

"嗯。"她只说出一个字。如果这是普通的糖果，她就会像实验室里的小白鼠一样，不停拉动拉杆，直到拉杆断掉或者直到盒子不再吐出巧克力为止。但是吃完之后她并不想吃第二粒。她也不想在体育场尽头的零食店买甜点。她一点儿都不饿。她……

"还满意吧？"法里斯问。

"满意！"真是满意。她从来没有对什么东西这么满意过，包括她九岁生日时得到的两轮脚踏车。

"很好。明天你可能还想吃一粒，想要的话你就能得到。因为明天盒子就归你了。这是你的盒子，至少目前归你。"

"这里面有多少只巧克力动物？"

他并没有回答她的问题，而是请她拉动盒子另一端的拉杆。

"这头是另一种糖果吗？"

"试试看吧。"

她弯曲小指拉动拉杆。这次，当木架子从槽口滑出来时，上面有一枚银币，银币又大又新，反射出刺眼的晨光，她只能眯起眼睛。她拿起银币，木架滑了进去。手上的银币沉甸甸的。银币正面是一个女人的侧像。她好像戴着王冠头饰。图像下面是半圈星，中间写着"1891"。图像上方写着"E Pluribis Unum"（合众为一）。

"这是一枚摩根银币，"法里斯一板一眼地告诉她，"里面含有近半盎司纯银。这枚银币由乔治·摩根先生设计，那时他才三十岁，正面头像是以费城的一位女教师安娜·威尔斯·威廉姆斯为原型设计的，背面是一只秃鹰。"

"真漂亮。"她吸了一口气，然后——很不情愿地——将银币递给法里斯。

法里斯双手叉在胸前，摇摇头。"不用给我，格温迪。这是你的。盒子里吐出来的所有东西都是你的——包括糖果和银币——因为这个盒子属于你。顺便说一下，这枚摩根银币目前的收藏价值接近六百美元。"

"我……我不能要。"她说。她的声音似乎离耳朵很遥远。她感觉（就像两个月前她开始爬自杀阶梯时的感觉一样）有点儿晕。"无功不受禄，我可什么都没做呀。"

"你以后会立功的。"他从黑色外套口袋里掏出一只老怀表。手表也反射出刺眼的光芒，不过这只表是金的。他打开表盖，看了下表盘。然后，他将怀表收进口袋。"我时间很紧，所以请看着这些按钮，仔细听好了。听到了吗？"

"好。"

"你先把银币装到口袋里。它会让你分心。"

她照他的话做了。她能感到银币贴着大腿，沉甸甸的。

"世界上有几个大洲，格温迪？你知道吗？"

"七个。"她说。这个在三四年级学过。

"没错。但是南极洲上无人居住，所以这里没有……当然，除非黑色按钮代表南极洲。"他开始一个接一个轻轻地敲击成对的按钮表面，"浅绿色代表亚洲。深绿色代表非洲。橙色代表欧洲。黄色代表大洋洲①。蓝色代表北美洲。紫色代表南美洲。听清了吗？能记住吗？"

"能。"她毫不犹豫地说。她的记忆力一直很好，她心里还有个奇怪的想法，她觉得刚吃下的糖果增强了她的注意力。她不知道哪个代表哪个是什么意思，但她能记住哪种颜色代表哪个洲吗？完全可以。"那红色呢？"

"你想让它代表什么它就代表什么，"他说，"你会有自己的想法的，这个盒子的主人总是会有自己的想法。这很正常。敢想敢干，这就是人类的本质。探索吧，格温迪！自己去发现问题，解决问题吧！"

我已经不在城堡岩了，格温迪心想，*我已经进入了我在书上读过的世界里。虚拟空间，纳尼亚世界或者霍比屯。这简直不可思议。*

"记住，"他继续说，"只有红色按钮可以重复使用。"

---

① 大洋洲，原书中写成了"Australia"，应为作者笔误，第16页也一并改译为"大洋洲"。

"黑色的呢?"

"黑色代表一切,"法里斯说着,站起身,"一切。用你爸爸的话说,它是老总。"

她看着他,瞪大了眼睛。她爸爸的确这么说过。"你怎么知道我爸爸说……"

"很抱歉打扰你,这么做很不礼貌,但是我得走了。请保管好盒子。盒子会吐出礼物,但这只是对保管责任的微薄回报。请当心。让你爸妈发现了,你就会遇上麻烦。"

"噢,天哪,怎么会让他们发现!"格温迪一边说,一边淡笑一声。她感觉像是肚子被人捅了一拳。"法里斯先生,你为什么要将盒子交给我?为什么是我?"

"这个世界上,"法里斯一边说,一边低头看着她,"藏匿着可以将人类毁灭一百万年的大批武器。掌管这些武器的人每天也会问这个问题。之所以选择你,是因为此时此地你是最适合的人选。请保管好盒子。我建议你别让任何人看见;除了你爸妈,还有很多好奇的人。如果他们看到拉杆,他们肯定会拉。如果他们看到按钮,他们肯定会按。"

"真有人按了怎么办?我按了会怎么样?"

理查德·法里斯笑了笑,摇摇头,开始朝山崖下方走,崖壁旁立着一块标牌:"小心!十岁以下的孩子必须由成人陪伴!"然后他转过身。"嗨!格温迪,这里为什么叫自杀阶梯?"

"可能是因为一九三四年有人从上面跳梯自杀了，也可能是因为发生了类似的事，"她说。她把按钮盒放在腿上，"后来，四五年前又有一个女人从这里跳了下去。我爸爸说，镇政府正考虑拆除阶梯，但是镇议会成员都是共和党，共和党讨厌变革。我爸爸是这么说的。有一个议员说这个阶梯是旅游景点，这话不假，所以每隔三十五年左右出现一起自杀事件也没什么大不了的。他说如果这里出现自杀热，他们会重新投票。"

法里斯先生笑了。"奇葩的小镇！真不敢恭维！"

"我回答了你的问题，现在你得回答我的问题！我要是按下一个按钮，会有什么结果？比方说，我如果按下代表非洲的按钮，会有什么结果？"当她把大拇指放到深绿色的按钮上面，她立即感到一种力量——这种力量并不强烈，但是可以感觉得到——驱使她按下按钮，自己寻找答案。

他咧嘴大笑。在格温迪·彼得森看来，这种笑容并不是那么美好。"既然你已经知道，为什么还要问呢？"

没等她再多说一句话，他就开始下阶梯。她在长凳上坐了一会儿，然后站起身，跑到生锈的铁阶梯平台上往下看。尽管法里斯先生根本没有时间走到楼梯底端——还差得远呢——他却不见了踪影。也可以说是几乎不见了踪影。在阶梯一半的地方，人约一百五十级台阶的地方，他精致的小黑帽被丢弃了，也可能是被风吹掉了。

格温迪回到长凳旁，将按钮盒——现在这可是她的按钮盒——装进带抽绳系带的帆布包，然后一路扶着栏杆走下阶梯。当她到达小圆帽跌落的位置时，她想把帽子捡起来，但她却飞起一脚，将帽子踢下台阶，看着帽子掉下去，翻转着掉进谷底的草丛中。这天晚些时候，等她返回时，帽子已经不见了。

这天是一九七四年八月二十二日。

2

　　格温迪的爸妈都在上班，因此她回到卡宾街的小科德角时，家里只有她一个人。她把按钮盒放到床下，过了十分钟，她意识到放这里不行。虽然她的房间收拾得比较整齐，但是妈妈时不时会用吸尘器打扫一遍，每个星期六上午还会给她换一遍床上用品（妈妈觉得等格温迪到了十三岁，这件事她必须自己做——这也是十三岁的一个生日礼物）。千万不能让妈妈发现这个盒子，因为做妈妈的总是什么都想知道。

　　她又想到阁楼，但是如果爸妈突然决定清理阁楼，在她不知情的情况下来个庭院旧货甩卖怎么办？放到车库的储物间里也可能遭遇同样的命运。格温迪心想（这一点对未成年的她来说还很新奇，但是以后这个事实就会变得令人厌烦）：保守秘密真不容易，在所有困难当中，或许保守秘密是最不容易的一件事。秘密不仅让人承受心理负担，而且会占据现实空间。

　　这时她想起后院的橡树，橡树上挂着轮胎做的秋千，但她已经很久不荡秋千了——对于十二岁的她来说，这种娱乐方式太小儿科了。在根瘤下方有个浅浅的洞穴。她跟小伙伴们玩躲猫猫游戏的时候经常蜷缩在里面。现在，这地方已经容纳不下她（我看你可以长到五英尺十英寸，甚至十一英寸，法里斯先生曾经告诉她），但这里是存放按钮盒的绝佳地点，帆布袋可以防止雨水将它淋湿。如果下了大雨，她就得出来抢救盒子。

她把盒子塞进树洞，往屋里走，突然又想起了银币。她回到树下，将银币丢进袋子里。

格温迪想，等爸妈回家，肯定会发现她身上发生了一些不同寻常的事，她已经变得跟平常不一样，但是他们并没有发现任何异常。跟平常一样，他们沉浸在自己的世界里——爸爸从事保险工作，妈妈在城堡岩福特汽车店上班，她是秘书——当然，他们都喝了酒。晚上他们总是喝酒。吃晚饭时，格温迪所有菜都夹了一遍，把盘子里的饭菜吃完，但是爸爸从公司隔壁的城堡岩面包店买回来的巧克力蛋糕她一片也没尝。

"噢，天哪，你生病了吗？"

格温迪笑了。"有可能。"

她心想，今晚肯定得到很晚才能睡着，她会回想跟法里斯先生见面的细节，回想藏在后院橡树下的按钮盒，但没过多久她就睡着了。她心里念着，浅绿色代表亚洲，深绿色代表非洲，黄色代表大洋洲……想到这里她就睡着了，一觉睡到第二天早上，早餐吃了一大碗水果麦片粥，之后又朝自杀阶梯冲去。

等她回来，感觉浑身肌肉发热、饥肠辘辘，她从树下取回帆布袋，拿出盒子，用小指拉动左边红色按钮旁边的拉杆（法里斯先生说过，按下红色按钮，想得到什么就能得到什么）。凹槽打开，木架子滑了出来。上面盛着一只巧克力乌龟，小巧精致，龟壳雕刻得巧夺天工。她把乌龟丢进嘴里。顿时满口弥漫着甜蜜的味道。饥饿感随之烟消云散。但是等到午餐时间，她会将妈妈留下的博洛尼亚红肠芝士三明治吃个精光，外加法国沙拉和一大杯牛奶。她看着塑料盒里剩下的蛋糕。蛋糕看着很美味，但她只是理智地欣赏着。这种感觉就像看到《奇异博士》漫画书里两页连在一起的拉页一样。她不想吃这个蛋糕，也不想吃别的蛋糕。

那天下午，她出去跟朋友奥利芙一起骑单车，之后待在奥利芙的卧室里，一起听唱片，谈论即将到来的新学年。马上要去城堡岩镇中学了，她们既担心又激动。

回到家里，爸妈还没有回家，格温迪又拿出按钮盒，拉动了她所谓的金钱拉杆。按钮盒没有动静；凹槽没有打开。嗯，没关系。或许是因为她是家里的独女，格温迪并不贪婪。等小巧克力块吃完后，她对巧克力的怀念会胜过银币。她希望这一天不要出现，但如果真的出现了，那也没什么。就像她爸爸经常说的，这就是人生。爸爸还常说，什么事情都可能发生！

将按钮盒放回去之前，格温迪看着按钮，想起它们代表的大洲。她逐个抚摸这些按钮。按钮吸引了她，摸到什么按钮，似乎她就变成什么颜色，她很喜欢这种感觉，但她避开了黑色按钮。这个按钮很吓人……所有按钮都有些吓人，但是黑色的这个看起来像是一只硕大的黑色鼹鼠，既丑陋又危险。

星期六，彼得森一家挤进斯巴鲁旅行车，去雅茅斯拜访爸爸的姐姐。通常，格温迪很喜欢去，因为多蒂姑姑和吉姆姑父的双胞胎女儿跟她同岁，三个人在一起总是玩得很开心。

星期六晚上他们通常会去看电影（这一次是在"普赖德的角落"免下车影院看双片连映，放的是《霹雳炮与飞毛腿》和《极速60秒》）。女孩们躺在地上的睡袋里，待电影无趣时，她们就聊天打趣。

这次格温迪玩得也很开心，但她心里一直惦记着按钮盒。如果有人发现并偷走按钮盒怎么办？她知道这种可能性不大——窃贼一般只会到屋内，不会到后院的树下——但是心中的焦虑挥之不去。一方面是她的占有欲在作怪；因为这是她的按钮盒。另一方面，她又想吃巧克力了。但主要还是因为那些按钮的缘故。窃贼会发现按钮盒，琢磨按钮的功用，然后按下按钮。那会造成什么后果？如果他按下黑色按钮怎么办？她越来越觉得这个按钮就是致癌按钮。

妈妈说星期天早上她要很早离家（去参加一个妇助会，今年彼得森太太是俱乐部的会计），格温迪感觉如释重负。回家之后，她换上旧牛仔裤，走到屋后。她荡了一会儿轮胎秋千，然后假装掉了什么东西，一条腿跪到地上，装作正在找东西的样子。她要找的东西其实是帆布袋。袋子安然无恙地躺在原地……这还不够。她偷偷把手伸到树根中间，摸到袋子里的盒子。她的拇指和食指正好碰到一个按钮——她能摸到凸起的形状——她迅速把手缩回来，仿佛摸到了滚烫的炉子。她心里的石头落地了。但是随后阴影笼罩下来。

"想让我帮你荡一下吗，宝贝儿？"爸爸问她。

"不用了，"她一边回答，一边站起身，拍了拍膝盖，"小孩子才玩这个呢。我要进屋看电视。"

爸爸抱了一下她，把她的眼镜往鼻梁上推了一下，然后用手梳了梳她的金色头发，将她缠在一起的几绺头发梳开了。"你都长这么高了，"爸爸说，"但你永远是我的小宝贝。对吧，格温妮①？"

"对，老爸，"她说完，就走进屋里。打开电视之前，她从水槽旁的窗户往院子里看了一眼（现在她不需要踮起脚尖就能做到这一点）。她看到爸爸推了一下秋千。她等待着，看他会不会蹲下去，或许他会好奇她在找什么。或许他会好奇她在看什么。但是，爸爸转身朝车库走去，格温迪走进客厅，打开《灵魂列车》，跟着马文·盖伊②跳起舞来。

---

① 格温妮为格温迪的昵称。
② 马文·盖伊（1939—1984），美国著名歌手、曲作者，有"摩城王子"之称，是黑人流行音乐史上的巨星。

3

星期一，格温迪从自杀阶梯跑步回来时，拉动红色按钮旁的拉杆，得到一块精致的巧克力猫。她试了一下另一只拉杆，并没有期待什么结果，但是凹槽打开了，架子伸出来，上面盛着一块一八九一年的银币，银币两面没有一丝划痕，她后来得知，这种银币没有在市面上流通过。格温迪对着银币吹了口气，安娜·威尔斯·威廉姆斯的头像变得模糊起来，她用上衣擦拭一下银币，这位久已离世的费城女教师又变得锃亮。现在，她已经拥有两枚银币，如果法里斯先生说的是真话，这两枚银币的价值几乎够她在缅因州州立大学一年的学费。还好，上大学还是很多年以后的事，一个十二岁的女孩怎么能出售这么贵重的东西？想一想这样做会引起多大的轰动！

想一想这个盒子会引起多大的轰动！

她又逐个触摸这些按钮，有意避开了黑色按钮，但是这次她的手停留在红色按钮上，指尖绕着按钮转来转去，感觉很奇怪，既苦恼又兴奋。最后，她把按钮盒丢进袋子里，藏起来，骑车去了奥利芙家。她们在奥利芙妈妈的监督下做了草莓酥，然后上楼打开奥利芙的唱片。门开了，奥利芙的妈妈走进来，但是出乎她们的意料，妈妈没有让她们把音量调小。她是来跳舞的。真是好玩。三个人边跳边笑，玩得很疯。格温迪回家之后，吃了一顿丰盛的美食。

但是，所有菜她只尝了一遍。

4

城堡岩镇中学生活很正常。格温迪与老朋友们继续保持联系，同时结识了一些新朋友。她看到有些男生在打量她，不过还好，弗朗基·斯通不在其中，也没有人叫她固特异飞艇。幸亏有了自杀阶梯，这个诨名终于销声匿迹。十月份过生日时，她得到一张罗比·本森[1]的海报，一台卧室小电视机（天哪，那个高兴劲儿哟），还学会了自己换床上用品（这倒不是什么高兴事，但也不是什么坏事）。她参加了足球队和女子田径队，很快就在队里崭露头角。

她继续吃巧克力，每次得到的巧克力动物都不一样，细节总是惟妙惟肖。每过一两个星期就会收入一枚银币，年份总是一八九一年。她的手指在红色按钮上徘徊的时间越来越长，有时她听到自己自言自语："想得到什么就能得到什么"。

格温迪七年级历史老师奇利斯小姐年轻漂亮，她竭力让自己的课堂生动有趣。圣诞节放假前，她宣布说新年的第一节课要上一堂"好奇日"课。每个学生都得想一个他们想知道的历史问题，奇利斯小姐会尽量满足大家的好奇心。如果

---

① 罗比·本森（1956—　），美国电影演员。主要作品包括《国王与我》《乔里》《杰里米》等。

她答不上来，就把问题留给全班同学讨论思考。

"不过，不要问总统的性生活这样的问题。"她说。听到这里，男生哄堂大笑，女生也咯咯地笑起来。

"好奇日"这天，同学们提出了各种各样的问题。弗朗基·斯通想知道阿兹特克人是不是真食人心，比利·戴想知道复活节岛上的石像是谁建造的，但是一九七五年一月的"好奇日"课上问的大多数问题都是一些假想问题。如果南方在内战中获胜结果会怎么样？如果乔治·华盛顿在福吉谷① 被饿死或者冻死结果会怎么样？如果希特勒从小在澡盆里淹死结果会怎么样？

轮到格温迪了，她早有准备，但还是有点儿紧张。"我不知道这个问题合不合适，"她说，"但我觉得这个问题还是有点儿……有点儿……"

"历史意义？"奇利斯问。

"对！就是这个意思！"

"好。你说吧。"

"如果你有个按钮，一个神奇的按钮，只要你按下去，就能杀死一个人，或者让这个人消失，或者炸毁你想到的一处地方，那你会让谁消失，会炸毁什么地方？"

班上的同学听了这个问题都很佩服，大家安静下来，思

---

① 福吉谷现为美国革命圣地。1777 年，费城陷落，华盛顿曾率兵在此修整，冻死的士兵不计其数，是独立战争期间最艰难的时光。

考这个暴力的念头。但是奇利斯小姐皱起眉头。"按照规则，"她说，"从这个世界上消灭某人，不管是杀了他还是让他消失，都是很残忍的。炸毁一个地方也很残忍。"

南希·里奥丹反问她："那广岛和长崎呢？炸毁这两个地方也很残忍吗？"

奇利斯小姐有些惊讶。"不，不是这样的，"她说，"不过请想想我们轰炸这两座城市的时候那些被杀害的无辜百姓，包括妇女、儿童和婴儿。还有之后的辐射！辐射杀死的人更多。"

"我知道，"乔伊·劳伦斯说，"但是我爷爷在战争中跟日本人打过仗，他去了瓜达尔卡纳尔岛和塔拉瓦，他说跟他并肩战斗的很多战友都死了，他能活下来就是个奇迹。爷爷说扔下这些原子弹就能避免进入日本本土作战，否则我国可能损失上百万士兵。"

大家的讨论已经偏离了杀死某人（或者让某人消失）的想法，但是格温迪无所谓。她听得很认真。

"这一点说得很好，"奇利斯小姐说，"同学们，你们觉得呢？你们会忽略对平民造成的损害，毁灭一个地方吗？如果会的话，你们想毁灭哪个地方，为什么选择这个地方？"

接下来的时间里大家都在探讨这个问题。亨利·迪索说他选河内。这样就能干掉胡志明这家伙，一劳永逸地结束愚蠢的越南战争。很多同学都同意他的看法。格林尼·布鲁克斯希望毁灭苏联。明迪·埃勒顿想消灭中国，因为她爸爸说中国人口众多，迟早会发动核战争。弗朗基·斯通建议灭掉美国贫民窟，因为"黑人在那里制造毒品、杀害警察"。

放学后，格温迪正准备从车棚里推出自己的赫菲自行车时，奇利斯小姐走过来，一脸微笑。"我想谢谢你提的问题，"她说，"一开始你提的问题让我有点儿惊讶，但是后来，这堂课成了我们今年上的最成功的一堂课。我发现，除了你，同学们都参与了讨论。这就怪了，问题是你提出来的呀。如果你有这种能量，你有没有想过要炸毁什么地方？或者说，你有没有想要……嗯……干掉的人？"

格温迪也回以微笑。"我不知道，"她说，"所以我才提这个问题。"

"很庆幸这样的按钮在现实中并不存在，"奇利斯小姐说。

"现实中存在啊，"格温迪说，"尼克松不就有嘛。勃列日涅夫手上也有。其他人手上也有。"

格温迪给奇利斯上了一课——她上的不是历史课，而是时事课——然后就骑上单车走了。单车对她来说越来越小。

5

一九七五年六月，格温迪摘下了眼镜。

彼得森太太劝她："我知道，女孩子到了你这个年纪就开始在意男生的想法，我还记得自己十三岁时的事，但是有人说戴眼镜的女生没人追，这纯粹是他妈的扯淡——别告诉你爸我说了脏话。格温妮，事实是，女生只要穿上裙子就有人追。再说了，你现在还太年轻。"

"妈，你第一次跟男生亲热时多大？"

"十六岁。"彼得森太太毫不犹豫地回答。实际上，她当时十一岁，在麦克莱兰家农房的阁楼里跟乔吉·麦克莱兰亲吻。唉，当时两人简直惹出一场风暴。"听着，格温妮，你人长得漂亮，戴不戴眼镜没关系。"

"很高兴你这么说，"格温迪说，"但是我不戴眼镜看得更清楚。戴眼镜对眼睛有害。"

彼得森太太不相信，于是她带格温妮去看埃默森医生，埃默森是城堡岩的常驻眼科医生。一开始他也不相信……直到格温迪把眼镜递给他，然后从上到下把视力表读了一遍他才信了。

"真想不到，"他说，"这种情况我听说过，但是很少见。

你肯定吃了不少胡萝卜吧，格温迪。"

"我看肯定是这个原因。"她笑着说，心想，其实是因为我吃了巧克力。神奇的巧克力动物，而且取之不尽。

6

格温迪担心按钮盒被人发现或者被人偷走,这种担心一直在她脑子里嗡嗡作响、挥之不去,不过这种担心倒不曾控制她的生活。她觉得这就是法里斯先生选择她的原因之一。这就是他说你就是我要找的人的原因所在。

她在班上表现优异,在八年级戏剧比赛中扮演了重要角色(而且她从没忘记一句台词),她继续参加田径比赛。赛跑的感觉最棒,一旦进入跑步选手的兴奋状态,她脑海中的担心随之烟消云散。有时,她怨恨法里斯先生将守护按钮盒的责任交给她,但是大多数时候她并不这么想。就像他说的,按钮盒会回赠礼物。法里斯曾说,这是微薄的回报,但是这些礼物对格温迪来说并不算微薄;她的记忆力越来越好,她再也不像从前一样,冰箱里见什么吃什么。她的视力是1.0。她跑起来像风一样。这还不算。她妈说她很漂亮,她的朋友奥利芙则说得更甚。

"天哪,你长得太惊艳了。"有一天她对格温迪说,语气听起来颇有不满。她们待在奥利芙的房间里,这次她们谈论着神秘的高中生活,俩人很快就要读高中了。"你的眼镜不戴了,脸上连他妈的一个痘也不长。上天不公啊!男生都会拜倒在你的石榴裙下！”

格温迪付之一笑，但她知道奥利芙心有所指。她长得真是好看，相信"惊艳"在不远的将来也不无可能。或许等她上大学就能实现。不过，等她上大学的时候，按钮盒怎么办呢？总不能一直放在后院的大树底下吧？

高中第一个星期五晚上，亨利·迪索邀请她参加新生联欢会。回家的路上他牵着她的手，到彼得森家时亲吻了她。被人亲的感觉不错，但是亨利的口臭有点儿让人讨厌。她希望下次她亲吻的男生会使用李施德林牌口腔喷雾剂。

舞会之后那晚凌晨两点，她从梦中惊醒，双手按在嘴巴上，防止自己喊出声来。她做了一个逼真的噩梦。在梦中，她从厨房的水槽上往窗外看，看到亨利坐在轮胎秋千上（其实，一年前格温迪的爸爸就已经把秋千卸掉了）。他的膝盖上放着她的按钮盒。格温迪冲出屋子，大声喊叫，告诉他不要碰任何按钮，尤其是黑色按钮。

噢，你是说这个吗？亨利笑着说，然后使劲按下致癌按钮。

他们头顶的天空顿时暗了下来。大地仿佛被唤醒一般，开始震颤。格温迪心里清楚，全世界的著名地标建筑开始纷纷倒塌，海平面迅速上升。顷刻之间——只是在顷刻之间——整个星球即将爆炸，就像在苹果里装上一只爆竹一样。火星和金星之间，将出现第二个小行星带。

"是个梦，"格温迪一边说，一边走到卧室窗前，"是个梦，是个梦，只是个梦。"

没错。橡树还在那里，只是轮胎秋千已经不在，亨利·迪索也不在。不过，如果他得到按钮盒，如果他知道每个按钮代表的意义，他会怎么做？按下红色按钮炸毁河内？或者不管三七二十一，按下浅绿色按钮？

"炸毁整个亚洲。"她低声说。是啊，这些按钮具备这种力量。正如法里斯先生所说的一样，她一开始就知道。紫色按钮能炸毁南美洲，橙色按钮能炸毁欧洲，红色按钮想炸哪里就炸哪里。黑色按钮呢？

黑色按钮会炸毁一切。

"这不可能，"她回到床上时喃喃地说道，"这太不可思议了。"

不过，这个世界本来就不可思议。看看新闻就知道。

第二天她从学校回家后，格温迪拿着锤子和凿子走进地下室。地下室的墙是石头垒的，她可以在最远端的墙上凿下一块石头。她用凿子将墙洞凿大，直到能容下按钮盒。她干活的时候不停看表，因为她知道爸爸五点钟会回家，妈妈最迟五点半也能回到家。

她跑到大树下，拿出装着按钮盒和银币的帆布袋（尽管银币是从按钮盒里吐出来的，但是银币比按钮盒还要重），跑回屋里。墙洞大小足够。将石头放回洞口时，就像安上最后一片拼图一样，墙面完整无缺。为了保险起见，她搬过一张旧书桌，挡在前面，这时悬着的心才放了下来。现在亨利是无论如何找不到它了。谁都不可能找到。

"我真该把这该死的盒子扔到城堡湖里，"她爬上地下室的楼梯时自言自语地说，"一了百了。"不过她知道，她永远也做不到。这是她的按钮盒，除非法里斯先生回来取走。有时，她希望他回来把盒子拿走。有时，她又希望他永远不要回来。

彼得森先生回家时，担心地看着格温迪。"你出了一身汗，"他说，"没事吧？"

她笑了。"刚跑步回来。我好着呢。"

总的来说，她是很好。

7

到了高一结束后的暑假，格温迪感觉很棒。

首先，从学校放假以来，她又长高了一英寸。还不到七月四日，她的身体已经晒成了迷人的古铜色。格温迪与班上大多数同学不一样，她以前从来没有晒成古铜色的皮肤。事实上，去年夏天是她平生第一次在公共场合穿游泳衣。即便如此，她当时穿的还是一件保守的连体泳衣。有一天下午，她最要好的朋友奥利芙在社区游泳池里调侃说她穿的是奶奶装。

但是此一时彼一时；今年夏天，她再也不会穿奶奶装了。六月初，彼得森太太和格温迪开车去城堡岩镇中心购物广场，买了一身比基尼外搭一双人字拖。比基尼是鲜艳的黄色和红色，搭配细小的白色波尔卡圆点。这件黄色的泳衣很快成为格温迪的最爱。格温迪从来没有在任何人面前自满过，但当她私下在卧室的全身镜前欣赏自己的身体时，她感觉自己很像水宝宝广告中的女孩。这一点一直让她很高兴。

当然，不光是晒成古铜色的双腿和细小的波尔卡圆点比基尼，其他方面也越来越好。例如，爸妈的关系也越来越亲密。她再也不觉得爸妈是酒鬼——更不会向任何人说——但她知道，他们以前酗酒很厉害，个中原因她心里清楚：格温迪读完小学三年级的时候，爸妈之间已经没有感情了。与电影中的情节一样。晚饭过后，家人不再在小区散步，也不再在餐桌上猜谜，彼得森先生会喝马提尼，看报纸上的商业新闻；彼得森太太则倒上黑刺李金酒，读言情小说。

小学期间，家庭关系不断恶化，格温迪默默承受着。没人告诉她到底发生了什么，她也从来不向别人吐露心声，尤其是从来没有向爸妈吐露一个字。她甚至不知道该如何开口。

格温迪得到按钮盒之后，一切都开始改变。

有天晚上，彼得森先生下班后回得很早，手上捧了一束雏菊（这是彼得森太太的最爱），而且带回家一个好消息，他在保险公司被出其不意地提拔了。一家人庆祝这个好消息，吃了披萨晚餐、巧克力圣代，而且，意想不到的是——在小区里散了很长时间的步。

此后，去年初冬时节，格温迪发现爸妈都改掉了酗酒的恶习。不是喝得少了，而是彻底戒了。有一天放学后，在爸妈下班回家之前，她把家里上上下下翻了个遍，连一瓶酒也没有找到。就连车库里的老冰箱里，彼得森先生最钟爱的黑标啤酒也没了踪影。取而代之的是姜汁汽水。

那天晚上，当爸爸去吉诺披萨餐厅取意大利面时，格温迪问妈妈他们是不是真的戒酒了。彼得森太太笑了。"如果你的意思是，我们有没有参加戒酒互助会，或者有没有站在奥马利神父前发誓戒酒，那我们倒是没有。"

"那……是谁的主意？是你还是爸爸？"

格温迪的妈妈有些闪烁其词。"我们根本没有谈论过这个问题。"

格温迪没有继续追问下去。爸爸还有句话在这里很适用：不要不知足。

仅仅一个星期之后，锦上添花的事情出现了：格温迪走到后院，请爸爸开车送她去图书馆，结果惊奇地发现彼得森先生和彼得森太太手牵着手，面带微笑。他们站在那里，身着冬日外套，嘴巴呼出的空气凝结成雾气，俩人深情对视，仿佛电视剧《我们的日子》①中的场景。见到此情此景，格温迪目瞪口呆，她停下脚步，欣赏着这个舞台造型。泪水浸湿了她的眼眶。她已经不记得多久没看过他们这样看着对方。或许她从来就没有看到过。她一动不动地站在厨房门廊下，戴着手套的手垂了下来，手上攥着耳罩，她想起法里斯先生和神奇的按钮盒。

是按钮盒起了作用。不知道是怎么回事，也不知道为什么，但肯定是按钮盒起了作用。不仅仅是我的原因。这有点儿像……怎么说呢……

"像一把伞。"她低声说，就是这样。这把伞能为这个家

---

① 《我们的日子》是美国最长的电视剧之一，该剧从 1965 年开始播出，直至现在。

遮风挡雨。保护一切平安。只要不刮大风将伞吹翻，一切都
会平安无事。为什么会刮风呢？不会的。不允许这样。只要
我保管这个按钮盒，就不允许这样。我必须保管好它。现在
这是我的按钮盒。

8

　　八月初的一个星期四晚上，格温迪正拖着垃圾桶往车道尽头走，弗朗基·斯通开着他的蓝色雪佛兰埃尔卡米诺冲到她面前的路缘边。汽车音响正高声播放着滚石乐队的歌曲。格温迪从敞开的窗户闻到一股大麻的味道。他把音乐声关小。"想出去兜兜风吗，小妞？"

　　弗朗基·斯通已经长大，但人变坏了。他留一头油腻的棕色头发，满脸粉刺，一只胳膊上文着 AC/DC 摇滚乐队 ① 的刺青。身上还散发出格温迪深恶痛绝的体臭。据说他在音乐会上对一个嬉皮女孩下了药，强奸了她。传言不一定是真的，她知道青少年喜欢传播一些恶毒的谣言，但她觉得在女孩酒杯里下药的事他肯定干得出来。

　　"不行，"格温迪说，她真希望此时她穿的不是牛仔超短裤和背心，"我得做作业。"

　　"做作业？"弗朗基一脸怒色，"来吧，谁他妈的暑假还做作业？"

　　"是这样的……我在社区大学上了暑期班。"

---

① AC/DC 摇滚乐队是澳大利亚摇滚乐队，1973 年创立。

　　弗朗基从窗户钻出身子，尽管他离格温迪还有十多英尺远，格温迪仍然能闻到他的呼吸。"你不是骗我吧，美女？"他咧嘴笑了。

　　"没骗你。再见吧，弗朗基。我得回去看书了。"

　　格温迪转身从车道往回走，她对自己的聪明机智十分得意。但是只走了四五步，一个坚硬的物体打在了她的后颈上。她喊了一声，不是很疼，但吃了一惊，她转身朝着街上。一个啤酒罐在她脚下转动，罐口冒出白沫。

　　"你就跟别的婊子一样，"弗朗基说，"我以为你会与众不同，可惜不是。拽什么拽。"

　　格温迪伸手去揉后颈。后颈处起了个包，她的手指碰到上面一阵疼痛。"你走吧，弗朗基。不然我叫爸爸了。"

　　"去你爸的，去你的！我知道，你以前就是个他妈的丑胖子。"弗朗基手指摆了个枪的造型，笑着说，"你还会变胖的。胖女生迟早会变成胖女人。这是定律。再见啦，固特异。"

　　说完，他把中指伸出窗外，轮胎冒出一股蓝烟。格温迪跑回屋子，这时，她才允许眼泪肆意流淌。

　　这天晚上，她梦到了弗朗基·斯通。在梦里，她并没有手足无措地站在车道上，任凭心脏提到嗓子眼。在梦里，她冲到弗朗基面前，他还没来得及加速离开，她就把手伸进敞开的驾驶室窗户，抓住他左边胳膊。她使劲一拧，听到——而且感觉到——手下骨头断裂的声音。他尖叫起来，她说，你的大鸡鸡怎么样啦，弗朗基·斯通？大鸡鸡变小鸡鸡了吧？你他娘的敢惹按钮盒女王？

她早上醒来，想起梦里发生的事，脸上还挂着笑容。但是，跟大多数梦一样，梦到了早上就忘记得无影无踪。直到两个星期之后，她才再次想起这个梦。那是个闲散的星期六早上，吃早饭的时候。彼得森先生喝完咖啡，放下报纸。"你朋友弗朗基·斯通上了新闻。"

格温迪嘴里的饭嚼到一半停了下来。"他可不是我朋友，我最讨厌他了。他有什么新闻？"

"昨晚在汉森路上出了车祸。可能是酒驾，但是报纸上没说。车撞到树上。人没死，但是够呛。"

"怎么够呛？"

"头上缝了几针，肩上缝了几针。脸上裂了好几处。胳膊断了。全身多处骨折。新闻上说的。要很久才能恢复。你想看看吗？"

他把报纸从桌上推了过来。格温迪又把报纸推了回去，然后小心地放下叉子。她知道，她再也吃不下去了，她不用问也知道，弗朗基断掉的是左边胳膊。

那天晚上，格温迪躺在床上，脑子里千头万绪，挥之不去。格温迪盘算了一下，开学之前暑假还剩多少天。

这一天是一九七七年八月二十二日。法里斯和按钮盒走进她的人生已经整整三年。

9

城堡岩镇高中十年级开学前一个星期,格温迪跑上自杀阶梯,这是近一年来她第一次爬阶梯。这天风和日丽,她毫不费力地爬上阶梯。她伸展一下身体,往脚下看了一眼:整双运动鞋尽收眼底。

她走到栏杆旁边,欣赏景色。早晨风清气爽,让人觉得这个世界上根本没有死亡。她眺望达克斯科尔湖,然后看着体育场,体育场上几乎没人,只有一个年轻妈妈推着蹒跚学步的婴儿在荡秋千。她的眼睛最终停留在法里斯先生曾经坐过的长凳上。她走上前去,坐了下来。

最近,她越来越频繁地听到脑海中有个声音,询问一些她不知道答案的问题。为什么是你,格温迪·彼得森?大千世界,芸芸众生,为何独独选择了你?

还有一些更令人恐惧的问题:他从哪里来?他为什么在关注我?(他原话就是这么说的!)这个该死的盒子到底是什么东西……它对我有什么影响?

格温迪在长凳上坐了很久,一边思考,一边看着白云从空中飘过。过了一会儿,她站起身,缓步走下阶梯,回到家里。问题依然摆在那里:她的人生有多大成分是她自己的努力,又有多大成分是按钮盒的馈赠?

10

高二迎来了开门红。开学不到一个月，格温迪就被选为班长，当上了足球二队①队长，还收到了哈罗德·珀金斯的邀请，参加返校舞会。哈罗德长相英俊，是橄榄球队的高四学长（唉，返校舞会参加不了了，因为他们第一次约会，在免下车影院观看电影《小街的毁灭》时，他不停对她动手动脚，事后，格温迪甩开了他）。就像妈妈喜欢说的，动手动脚以后有的是机会。

十月份，她过十六岁生日时，收到一张老鹰乐队②站在加州旅馆前的海报（《加州旅馆》最后两句歌词是"你可以随时结束，但你永远无法挣脱"），一台新的八通道双卡录音机，爸爸还承诺说，现在她已经到了法定驾驶年龄，爸爸要教她开车。

她还不断得到巧克力礼物，每一个都不一样，细节总是令人叹为观止。格温迪今天早上上学之前吞下去的是一只长颈鹿，吃完之后她没有刷牙。目的就是想让这种美妙的味道

---

① 美国高中的体育队一般分为几个层次，包括新生队、二队、一队等，其中一队水平最高。二队一般由高二高三学生组成。

② 老鹰乐队是 20 世纪 70 年代在美国洛杉矶成立的乡村摇滚乐队，《加州旅馆》是他们的著名专辑。

尽可能久地留在嘴里。

格温迪不再像以前那样频繁拉动另一只拉杆，原因很简单，那就是她已经没地方收藏这些银币。现在，只吃巧克力就够了。

她仍然会想起法里斯先生，但也不像以前那样频繁。通常，在漫长而又无聊的夜里，她才会想起他，回想他的样貌和声音。她几乎可以肯定，有一次她在城堡岩镇万圣节集市的人群中看到过他。当时她正在摩天轮顶端，等她坐完下来，他已经消失在人群中，不见了踪影。还有一次，她拿着一枚银币，去了波特兰钱币商店。银币的价格已经上升；老板给她的一枚一八九一年摩根银币出价七百五十美元，还说品相这么好的他从没见过。格温迪拒绝了，还心血来潮地告诉老板这是她爷爷送的礼物，她只想知道这东西值多少钱。离开商店的时候，她看到街对面有个男人看着她，这个男人戴了一顶精致的小黑帽。法里斯——如果是法里斯的话——朝她笑了一下，然后拐过角落消失了。

他在监视她？跟踪她？可能吗？她觉得有这个可能。

当然，她仍然会思考这些按钮，尤其是红色按钮。她有时会叉着腿，坐在冰冷的地下室地面上，将按钮盒放在膝盖上，茫然地看着红色按钮，用指尖抚摸它。她在想，如果她不加选择地炸毁一个地方，会发生什么。然后呢？由谁来决定炸毁哪个地方？由上帝决定？还是由盒子决定？

格温迪去钱币商店几个星期之后，她觉得是时候弄清楚红色按钮的功用了。

第五节课她没有去图书馆的自修室，而是去了安德森先生的世界历史教室，教室里空着。她来这里是有原因的：安德森的黑板上挂着两幅下拉式地图。

格温迪为红色按钮物色了几个备选目标。她讨厌目标这个词，但是这个词很到位，她也想不出更好的词。她最先想到的几处地方包括：城堡岩镇垃圾场，位于铁路附近一块闲置的树林中；还有废弃的菲利普66加油站，孩子们经常在这里闲逛、吸毒。

最后她认定，目标必须是城堡岩镇以外的地方，甚至是美国以外的地方。必须谨慎一点儿。

她走到安德森先生的办公桌后面，仔细查看地图，一开始看中了澳大利亚（她最近刚学到，澳大利亚有三分之一的土地是沙漠），然后发现了非洲（可怜的非洲人生活艰难），最后又想到了南美洲。

格温迪从历史课笔记上发现两条信息，这两条信息让她下定决心：世界上最不发达的五十个国家中，南美洲占了三十五个，世界上人口密度最小的国家中，南美洲也占了大致相同的比例。

既然已经选好了目标，格温迪不想浪费时间。她在螺旋笔记本上草草写下三个小国的名字，一个来自南美洲北部，一个来自中部，一个来自南部。然后，她跑到图书馆去查资料。她看到很多照片，列了一个最荒凉地区的名单。

下午晚些时候，格温迪坐在卧室衣柜前，将按钮盒稳稳地摊在膝盖上。

她闭上眼睛，想象着遥远国度里的某处小地方。这里杂草丛生，荒无人烟。她尽可能地想象一些细节。

她在脑海里记住这些细节，然后按下按钮。

什么都没有发生。按钮没有按下去。

格温迪使劲往下按，按了第二次，紧接着又按了第三次。按钮在她手下岿然不动。看来，这是个玩笑。容易轻信别人的格温迪·彼得森真的相信了。

格温迪感到如释重负，她准备把按钮盒放回衣柜，这时她突然想起法里斯先生的话：这些按钮需要很大力气才能按动。必须要用大拇指，使劲按。难按有难按的好处，相信我。

她又把按钮盒放到膝盖上——用大拇指按下红色按钮。她使尽浑身力气。这一次，按钮盒轻轻地发出"嗒"的一声，格温迪感觉按钮陷了下去。

她盯着按钮盒看了一会儿，心想，可能有些树木和动物会受到影响。可能发生了一次小型地震或者一场火灾。肯定不会比这个更糟。之后，她将按钮盒放回地下室的墙洞里。她感觉脸上发烫，胃里一阵疼痛。难道按钮已经发挥作用了？

11

　　第二天早上醒来，格温迪发烧了。她没去学校，而是待在家里，白天大部分时间都在睡觉。晚上，她从卧室出来，感觉身体已经完全恢复。她发现爸妈正屏住呼吸看电视。看他们的表情就知道出事了。她坐到妈妈身边的沙发上，一脸恐惧地看着查尔斯·吉布森带领大家走进圭亚那——这是个偏远的国家，她最近才有所了解。在这里，一个名叫吉姆·琼斯的邪教头目下令九百名信众服毒自尽，然后开枪自杀①。

　　电视屏幕上闪现了模糊不清的照片。尸体成排散落在地上，背景是浓密的丛林。夫妻保持着拥抱的姿势。妈妈们怀抱着婴儿。死者中间有很多孩子。死者的脸已经扭曲变形，露出痛苦的表情。苍蝇遮天蔽日。根据查尔斯·吉布森的报道，护士们自己喝下毒药之前，将毒液灌进了孩子们的喉咙里。

　　格温迪一言不发地回到卧室，穿上网球鞋和汗衫。她想

---

① 1953年，吉姆·琼斯在美国印第安纳州印第安纳波利斯创立人民圣殿教。起初，这只是一个普通的独立宗教团体，但20世纪60年代中期以后逐渐演变成邪教组织。1978年11月18日，吉姆·琼斯在南美洲圭亚那的琼斯镇胁迫900多名信众集体服毒自杀，随后开枪自杀身亡。

去爬自杀阶梯，但又放弃了这个想法，她担心自己冲动之下会跳下阶梯。她在房子周围跑了三英里，脚步在冰冷的路面上发出刺耳的节奏，秋日凉爽的空气吹红了她的脸颊。是我干的，她心想，眼前浮现出苍蝇围绕死婴飞舞的场景。我不是故意的，但确实是我干的。

12

"你眼睁睁地看着我,"奥利芙说,她的声音很镇定,但眼神充满愤怒,"我不明白你怎么会说你没有看到我站在那里。"

"我真没看到你,我发誓。"

她们放学后坐在格温迪的卧室里,听着比利·乔尔 ① 的新专辑,她们本来应该准备期中英语测试。很明显,用奥利芙的话说,她这次来有问题。最近,奥利芙经常有"问题"。

"我不信。"

格温迪睁大了眼睛。"你是说我说谎?我怎么会大摇大摆地从你面前走过去,连声招呼也不打?"

奥利芙耸耸肩,咬紧了嘴唇。"兴许你不想让朋友们知道,你以前跟无足轻重的高二学生好过吧。"

"别胡说。你是我最要好的朋友,奥利芙。大家都知道。"

奥利芙笑了一声。"最好的朋友?你还记得我们上次周末一起玩是什么时候吗?且不说星期五和星期六晚上,你总是在参加各种约会、聚会和篝火晚会。我说的是整个周末,随

---

① 比利·乔尔(1949—),美国著名歌手、钢琴演奏家、作曲作词家。1973 年出道,歌曲多次进入排行榜前十名。六次获得格莱美奖,唱片累计销量超过一亿张。

便什么时候。"

"我真的很忙。"格温迪说着，将脸转开了。她知道，她朋友说得对，但是她为什么变得这么敏感？"对不起。"

"你约会的这些男孩子，有一半你都看不上眼。博比·克劳福德约你出去，你一边娇笑，一边捻着头发说，'好啊，为什么不去呢？'可是你连他的名字都不知道，而且一点都不喜欢他。"

嗯，问题就在这里，格温迪明白了。我怎么这么蠢？她心想。"我不知道你喜欢博比。"她从卧室地面上凑过来，把手搭在朋友的膝盖上。"我发誓我真不知道，对不起。"

奥利芙什么都没说。很明显，问题仍然没有解决。

"事情都过去几个月啦。博比人真不错，但我只跟他出去过一次。如果你愿意，我可以打电话给他，告诉他你对他……"

奥利芙将格温迪的手推开，站起身。"我不需要你的怜悯。"她弯下腰收起自己的书，夹到胳膊下面。

"这不是怜悯。我只是想……"

"那是你的事，"奥利芙又站开一些，"你只考虑你自己。你真自私。"她噔噔噔地走出卧室，将门甩上。

格温迪站在那里，简直难以置信，她浑身战栗，感到十分委屈。然后，心里的委屈化作愤怒。"去死吧！"她对着门喊道，"如果你想解决问题，那就吃你的醋去吧！"

　　她趴到床上，泪水顺着脸颊流淌，耳朵里回响着那句伤人的话：你只考虑你自己。你真自私。

　　"不是这样的，"格温迪对着空荡荡的卧室说，"我有为别人考虑。我想做个好人。圭亚那发生的事是我的错，但是我……我是受人蛊惑的，下毒的人不是我。不是我干的。"从某种程度上说是她干的。

　　格温迪哭了，哭着哭着就睡着了。梦里，手持注射器的护士们将下了毒的酷爱牌饮料灌到孩子们嘴里。

13

第二天在学校，她想跟奥利芙和好，但奥利芙根本不睬她。又过了一天，星期五，情况仍然是这样。放学铃响前，格温迪在奥利芙的储物柜里塞了一张亲笔写的道歉信，希望事情能有转机。

星期六晚上，格温迪和她的约会对象，一个名叫沃尔特·迪安的高三学生，在去看电影早场的路上去了商场。开车的路上，沃尔特掏出一瓶他妈妈藏的酒，尽管格温迪平时遇到这种情况会拒绝，但今晚她接受了。她心里既难过又疑惑，希望能借酒浇愁。

结果喝酒并没有消除愁闷。只是让她有些头痛。

格温迪走进商场的时候，向好几个同学问好，她惊讶地看到奥利芙站在买甜品的队伍里。她满怀希望地朝奥利芙挥手致意，但是奥利芙理都没理她。过了一会儿，奥利芙怀里抱着一大杯苏打水，趾高气扬，跟一帮女孩儿有说有笑地从她身旁经过。格温迪认识这帮女孩，她们是隔壁高中的。

"她这是怎么了？"沃尔特一边问，一边将一枚两角五分硬币塞进售票机，他买的票是《太空入侵者》。

"说来话长。"格温迪望着好朋友的背影，不由得怒火中烧。她的脸气得通红，感觉脸上像火燎一般。她知道我以前是什么样子，知道别人都是怎么跟我打招呼的：嗨，固特异，橄榄球比赛在哪里？嗨，固特异，上面的风景怎么样？现在她应该为我感到高兴。她应该……

在二十英尺外的地方，奥利芙尖叫一声，有人撞到她的胳膊，冰冷的苏打水迎面泼下来，洒在她的新毛衣上。孩子们开始指指点点，大笑不止。奥利芙尴尬地四处张望，最后她的眼睛停留在格温迪身上，然后她冲出人群，钻进公共洗手间里。

格温迪想起她做的有关弗朗基·斯通的梦，突然想回到家里，关上房门，钻到被窝底下。

14

格温迪准备和沃尔特·迪安去参加毕业舞会的前一天，她早上起得很晚，头天晚上下了暴雨，她发现地下室被水淹了。

"地下室里到处是水，而且臭气熏天，"彼得森先生说，"你真想下去？"

格温迪点点头，她想掩饰自己的惊慌。"我想查看一下几本旧书，还有一堆准备送去干洗的衣服。"

彼得森先生耸耸肩，又把注意力转到厨房柜台上的小电视上。"下去的时候记得脱鞋。还有，最好穿上救生衣。"

格温迪急匆匆走下地下室台阶，以防爸爸改变主意。她蹚进没过脚踝、漂浮着杂物的浑水中。早上，彼得森先生已经疏通了水泵，格温迪能听到水泵在地下室远处的角落突突作响，但是肯定得抽很长时间。她从地下室石墙上的水线可以看出，水位可能最多只下降了两英尺。

她蹚到地下室另一边，藏匿按钮盒的地方，将老旧的书桌推到一边。在角落里弯下膝盖，将手伸进浑浊的水中，移开了石头。

她的手指摸到了浸湿的帆布袋。把帆布袋从洞里掏出来，放到一边，然后掩上石头，防止积水退去之后爸爸发现墙上的洞。

她伸手摸放在一旁装着按钮盒和银币的帆布袋，但帆布袋找不到了。

她在水里一阵乱摸，张皇失措地寻找，但是袋子消失了踪影。她的视野变得模糊，突然感到一阵头晕。她意识到自己屏住了呼吸，于是张大嘴巴大吸一口恶臭发霉的地下室空气。她的眼睛和头脑顿时变得清晰起来。

格温迪又吸了一口气，冷静下来，再次把手伸进脏水里，这次她摸了摸身体另一边。她的手指立即碰到了帆布袋。她站起身，做了个举重运动员挺举深蹲的动作，将沉重的袋子举到腰间，蹒跚着穿过地下室，走到洗衣机和烘干机旁的架子旁。她从架子顶端抓起一条干浴巾，尽可能将帆布袋包裹严实。

"下面还好吧？"爸爸在楼上喊道，她听到天花板上的脚步声，"需要帮忙吗？要不要氧气瓶和蛙鞋？"

"不用，不用，"格温迪说，赶紧看了一眼，确保帆布袋包裹得严严实实，她的心像电锤一样剧烈跳动，"我马上上去。"

"行吧。"她又听到爸爸隐隐约约的脚步声，这次脚步声越走越远。谢天谢地。

她又抓起袋子，哼哧哼哧地拖着沉重的按钮盒和银币，迈着疲惫的步伐尽快穿过漫水的地下室。

她安全地回到卧室后，将门反锁，打开帆布袋。按钮盒看起来完好无损，但谁知道呢？她拉动按钮盒左边的拉杆，屏住呼吸，过了一会儿，她本以为盒子坏了，但架子悄无声息地滑开，上面盛着一粒果冻豆大小的巧克力猴子。她迅速将巧克力塞进嘴里，那无与伦比的味道顿时令她沉醉。她闭上眼睛，任凭巧克力在舌尖上融化。

帆布袋撕破了好几处地方，得换个袋子了。但是格温迪担心的并不是这个。她环顾卧室，看到衣柜下边，散乱地堆放着她的鞋盒。现在爸妈从来不翻她的衣柜。

她从一个硕大的纸板盒中掏出一双旧靴子，把靴子扔到衣柜另一边。然后小心翼翼地把按钮盒放进去，然后放进她的银币。她扣上盒盖，将盒子推到衣柜后面的阴影里——现在盒子很沉，搬起来的话纸板盒肯定会撕裂。放好之后，她在这个鞋盒上面和前面又码上几个鞋盒。

她站起身，退了几步，端详了一下。她庆幸自己干得很漂亮，然后捡起湿透的帆布袋，走到厨房里，扔掉帆布袋，端起麦片早餐。

这天剩余的时间里，她在家里晃来晃去，看看电视，翻翻历史书。每隔半小时左右——加起来不止十二次——她就从沙发上站起身，穿过走道，把头伸进卧室，检查一下盒子是否安全。

　　第二天晚上有舞会，她必须强迫自己穿上粉色长裙，化好妆离开屋子。

　　这就是我的生活吗？她走进城堡岩镇体育馆时心想，这个盒子就是我的生活吗？

15

　　直到格温迪看到城堡岩餐馆前窗上张贴的广告传单，她才又想到出售银币。看到广告后，这个想法就在她的脑子里挥之不去。她去过一次钱币商店，但是那一次主要是探探虚实。现在，形势已经变了。高中毕业之后，格温迪想上常青藤大学——这些学校的学费可不便宜。她打算申请助学金和奖学金，以她的分数，肯定能得到一些资助，但是够吗？很可能不够。应该说肯定不够。

　　可以肯定的是，在她衣柜最里面的一个鞋盒里，堆着一八九一年的摩根银币。上次数的时候数量已经超过一百枚。

　　格温迪在药店翻过《钱币界》期刊，她知道摩根银币的交易价格并不稳定，价格还在上涨。杂志上说，通货膨胀和全球动荡促使金银币市场价格飙升。她一开始想出手足够多的银币（可以卖到波特兰去，也可以卖到波士顿去），换回大学的学费，心里盘算着，在必要的时候，对于这笔意外之财该作何解释。或许她会说这是她意外发现的。很难相信，但也不好反驳（十六岁的孩子计划得再周密也难做到天衣无缝）。

　　看到钱币邮票展的传单后，格温迪又想到一个主意。这个主意更高明。

她的主意就是拿两枚银币去试水，这个周末骑自行车去海外退伍军人协会探探情况。如果真能卖出去，换回白花花的钞票来，那她就知道了。

16

星期六上午十点十五分，格温迪走进海外退伍军人协会，她走到就发现这个地方很大。外面看起来不大，里面倒挺宽敞。交易柜台呈封闭的长方形排列。摊贩多为男人，站在长方形里面。现场已经有二三十名顾客，围拢在桌子前面，只见他们个个眼神犀利，动作小心。现场展柜分辨不出什么规律——不是说做钱币生意的在这一块，做邮票生意的在那一块——多数摊贩两者都有涉及。有一对夫妇的桌上还摆着罕见的体育卡和香烟卡。看到一张米奇·曼托①签名的球星卡标价二千九百美元，她大吃一惊。但是转念一想，她又感到如释重负。相形之下，她的银币藏品不过是小巫见大巫。

她站在协会入口，现场的情况尽收眼底。这是个全新的世界，既陌生又吓人，她感到手足无措。别人肯定一眼就能看透她的心思，旁边一个小贩喊道："迷路了吗，小姑娘？有没有什么能为你效劳的？"

这个胖男人，三十来岁，戴着眼镜和金莺队棒球帽。他的胡子上留有剩饭，眼睛里透着闪光。

---

① 米奇·曼托（1931—1995），美国棒球运动员，1951—1968 年效力于纽约洋基队，被誉为棒球史上最伟大的左右手都会打球的击球员。1974 年入选棒球名人堂。

"是想买东西还是想卖东西？"胖子眼睛盯着格温迪的光腿，眼神停留了许久。然后他抬起眼睛，咧嘴笑了。格温迪不喜欢他的眼神。

"我只是随便看看。"说完就快步走开了。

她看到隔一张桌子上，一名男子正拿着放大镜和镊子仔细查看一枚微小的邮票。她听到他说："我可以出七十美元，这已经比我预期的价格高了二十块。老婆还不得杀了我，如果我……"她并没有待在原处，看最后成交价是多少。

她来到在长方形区域尽头的一张桌旁，桌上摆满了钱币，最后一排中间有一枚摩根银币。她觉得这是个好兆头。桌子后面是个秃顶老头儿，多大年纪她说不准，但是至少跟她爷爷年龄相当。他朝格温迪笑笑，并没有留意她的腿，这倒是个好现象。他拍了拍衬衫上的铭牌。"我叫乔恩·伦纳德，这上面写着呢，朋友们都叫我莱尼。看你挺面善，今天有什么能为你效劳的吗？是想为钱币收藏册添点儿什么，还是想买水牛镍币或者各州纪念币？我有一枚犹他州纪念币，品相很好，很少见。"

"我可能想卖点儿东西。"

"啊哈，好。给我看看，看我们能不能做个交易。"

格温迪从口袋里掏出银币——两枚都用塑料封套包着——递给他。莱尼的手指粗糙、弯曲，但是他熟练地倒出银币，捏着银币边缘，既没有碰银币正面也没有碰反面。格温迪留意到他眼睛圆睁。他吹了声口哨。"能不能问你从哪里得到的？"

格温迪把她在波特兰钱币商店说过的话重复了一遍。"爷爷最近去世了，这是他给我留下的。"

老头儿看起来很伤心。"很抱歉，亲爱的。"

"谢谢您，"她说着，伸出手，"我叫格温迪·彼得森。"

老头儿用力握了她的手。"格温迪。名字我很喜欢。"

"我也喜欢，"格温迪笑着说，"东西很好，我真有点儿舍不得。"

老头儿打开一盏小台灯，拿放大镜查看了两枚银币。"我以前从没见过出厂品相的摩根银币，你竟然有两枚。"他抬头看着她说，"你多大了，格温迪小姐，介不介意告诉我？"

"我十六。"

老头儿捻了一下手指，指着她。"你肯定是想买辆车吧。"

她摇摇头。"有朝一日吧，现在我只想卖钱上大学。我想高中毕业后上常青藤大学。"

老头儿赞同地点点头。"不错嘛。"他又拿起放大镜查看了一下银币，"说实话，格温迪小姐，你卖这个你爸妈知道吗？"

"是的，先生，他们知道。他们没意见，因为这么做值得。"

他精明地看着她。"但是我看到你爸妈没来啊。"

如果格温迪还是十四岁，这样的问题她可能答不上来，但她现在已经长大了，这种出其不意的问题她能应付自如。"爸妈都说我迟早得独自谋生，这是个锻炼的好机会。再说，我看过你这本杂志。"她指着它说，"《钱币界》对吧？"

"啊哈，啊哈。"莱尼放下放大镜，全神贯注地看着她。"嗯，格温迪·彼得森小姐，这个年份品相保存较好的摩根银币可以卖到七百二十五到八百美元一枚。你这个品相的摩根银币……"他摇摇头，"我实在不好说。"

这一点格温迪倒是始料未及——她怎么会料到呢？——不过她挺喜欢这个老头儿，于是她即兴发挥。"我妈是做汽车销售的，他们卖车这一行有个说法，叫作'明码标价'。所以说……八百美元一枚怎么样？这算不算明码标价？"

"算的，小姐，"他毫不犹豫地说，"不过，你确定要卖吗？有些大店可能会收得……"

"我确定。如果你能出八百美元一枚，我们就成交。"

老头儿笑着伸出手。"那好，格温迪·彼得森小姐，成交。"他们握了手，"我给你写张收据，然后付钱。"

"嗯……我相信你，莱尼。但我不太喜欢支票。"

"我明天就会跑到多伦多或者华盛顿去，谁会找你麻烦呢？"他朝她使了个眼色，"而且，我自己也有句口头禅：现金不会泄露秘密。山姆大叔不知道我们的交易，也不会有什么损失。"

莱尼把银币装进透明封套，塞到桌子下面。他数出十六张崭新的百元大钞——此时此刻，格温迪依然不敢相信眼前发生的事——然后写了一张收据，撕下一张复联，放在钞票上。"我把电话也写上，免得你爸妈不放心。你家远吗？"

"大概一英里。我骑了自行车。"

他想了想。"格温迪，你一个小姑娘，一下子拿这么多钱。要不要打电话给你爸妈，让他们来接你？"

"不用，"她笑着说，"我能行。"

老头儿眉飞色舞地笑了。"你肯定能行。"

他把钱和收据装进信封。把信封对折起来，用透明胶带缠紧。"看你短裤口袋能不能装得下。"他说着把信封递过来。

格温迪把信封塞进口袋，拍了拍裤兜。"妥妥的。"

"我喜欢你，小姑娘，说真的。你既有性格，又有勇气，两者兼具，真了不起。"莱尼身体转向左边的小贩，"汉克，你帮我看下摊子哈？"

"那你得给我买杯苏打水。"汉克说。

"没问题。"莱尼从桌子后面溜出来，陪着格温迪走到门口，"你确定没问题吧？"

"没问题。谢谢您，莱尼先生，"她说，感觉口袋里的钱沉甸甸的，"非常感谢！"

"该感谢的人是我，格温迪小姐。"他帮她打开门，"祝你如愿进入常青藤大学。"

17

格温迪来的时候把车锁在旁边的树上，现在她打开自行车锁，五月的阳光照得她眯起眼睛。今天上午，她没想到海外退伍军人协会没有自行车停车架——话说回来，谁曾见过退伍老兵骑着自行车在城堡岩镇晃悠呢？

她拍了拍口袋，确保信封妥妥地装在兜里，然后跨上自行车，骑走了。骑到停车场中间，她看到弗朗基·斯通和吉米·赛恩斯，正在偷看别人的车门有没有上锁，还一个劲儿往别人车窗里瞟。看来，今天的钱币邮票展结束之后，有个倒霉蛋出来会发现车被人洗劫了。

格温迪加快蹬车，希望趁他们不注意赶紧溜走，但她运气没那么好。

"嗨，波妹！"弗朗基在她身后喊道，他瞬间冲到她前面，拦住她的去路，不让她出停车场。他朝她挥舞胳膊。"哇，哇，哇！"

格温迪在她面前刹车停下。"走开，弗朗基！"

他好一阵才喘过气来。"我只是想问你一个问题而已。"

"那你赶快问，问完闪开。"她打量着逃跑路线。

吉米·赛恩斯从一辆车后面闪了出来，站到她另一边，叉起胳膊。他看着弗朗基说："是个大波妹，哈？"

弗朗基咧嘴笑了。"这就是我跟你说的那个小妞儿。"他走近格温迪，一只手指放到她腿上。格温迪将他的手甩开。

"赶快问，问完走开。"

"嗨，别这样嘛，"他说，"我只想看看你屁股长什么样。你的屁股很紧致。拉屎肯定很费力吧。"他的手又放到她腿上。这次不是一根手指，而是一整只手。

"他们是在骚扰你吗，格温迪小姐？"

三个人同时转身来看。莱尼站在那里。

"走开，老家伙。"弗朗基说着，朝他迈了一步。

"我不想走开。你没事吧，格温迪？"

"我没事。"她推开自行车，蹬了上去，"我得走了，不然午饭要迟到了。谢谢你！"

他们看着格温迪离开，然后弗朗基和吉米转向莱尼。"现在是二对一了。这个比例我喜欢，老东西。"

莱尼将手伸进短裤口袋，掏出一把弹簧刀。银色的一面刻着两个拉丁单词，这两个男孩一眼就认出来：永远忠诚。他粗糙的手灵活地挥舞一下，弹出一柄六英寸长的刀刃，在阳光下闪闪发光。"现在是二对二了。"

弗朗基立即从停车场上跑开了，吉米紧随其后。

18

"真是不可思议，格温迪又赢了。"萨莉说，她翻了翻白眼，把牌扔到面前的地毯上。

四个女孩在彼得森家的房间地板上坐成一圈，她们分别是格温迪、萨莉·阿克曼、布里盖特·德雅尔丹和乔西·温赖特。另外三个女孩是城堡岩镇高四学生，今年经常到彼得森家里来玩。

"你们发现没有？"乔西说着，板起脸来，"格温迪从来没输过。她干什么事都没输过。"

萨莉一项一项地列出来："她学习成绩优异。她是学校最佳运动员。她是全校长得最漂亮的女生。她玩牌也是老手。"

"好啦，闭嘴吧，"格温迪一边说，一边收牌，轮到她洗牌发牌了，"真是瞎说。"

虽然乔西只是像平时一样傻傻地打趣她，但是格温迪心里清楚，她说得对（在猫女乐队中，除了乔西还有谁能成为主唱呢？）。她还清楚，萨莉不是在打趣她。萨莉心里不爽，她开始嫉妒格温迪了。

几个月前，格温迪第一次意识到这个问题。是的，她跑得很快，可能是全县甚至全州跑得最快的学校选手。真的吗？是的，千真万确。再就是她的学习成绩。她的学习成绩一直名列前茅，但是几年前，要想取得这样的成绩，她必须努力学习。即使这样，有时她的成绩单上除了 A 之外，还有几个 B。现在，她根本不用看书，但是她的成绩在高三班上位居第一。她发现，为了避免得满分，她有时不得不故意将答案写错。有时打牌和打游戏时她故意输掉，以免朋友们怀疑。尽管她小心谨慎，大家还是察觉到哪里出了问题。

除了按钮、银币、巧克力礼物之外，按钮盒赋予了她……怎么说呢……赋予了她力量。

真的吗？是的，千真万确。

她从来都不会受伤。田径场上，她从来不会扭伤肌肉。足球场上，她从来不会被人撞到，或者出现擦伤。从来不会因为动作笨拙而被割伤或者划伤。从来不会踢到脚趾或者弄断指甲。她已经不记得上次用邦迪创可贴是什么时候。她的生理期总是很顺畅，不会出现腹痛，只是在卫生护垫上留下几滴血而已。这些日子，格温迪从来没意外流过血。

对格温迪来说，这些现象令她既欣喜又害怕。她知道是按钮盒在起作用——或者是巧克力在起作用——两者其实没区别。有时，她希望能跟人分享心里的困扰。有时，她希望自己跟奥利芙还是朋友。奥利芙可能是世界上唯一愿意倾听她、愿意相信她的人。

格温迪将牌放在地上，站起身。"有谁想要爆米花和柠檬汁？"

三只手举起来。格温迪走进厨房。

19

一九七八年秋冬，格温迪的生活发生了很大变化。多数变化都是积极的。

九月下旬，她终于拿到驾照。一个月后，她十七岁生日时，爸妈出其不意在她妈上班的汽车经销店给她买了一辆二手福特嘉年华。这辆车保养得很好，颜色是鲜橙色，收音机时好时坏，但是对格温迪来说，这些都无所谓。她喜欢这辆车，在尾箱贴上硕大的雏菊贴纸，还在保险杠上贴了一张六十年代留下来的带有"反对核武器"字样的贴纸。

她还找到人生第一份工作（她以前帮人看过小孩、耙过树叶，也都挣过钱，但这些都没计算在内），每星期在一家免下车零食店工作三个晚上。大家一点都不意外，她在自己的岗位上表现得十分出色，上班第三个月就升职了。

她还当选大学室外田径队队长。

格温迪仍然会想起法里斯先生，仍然会担心按钮盒，但是这种担心再也不像以前那么强烈。她仍然会锁上卧室门，从衣柜中取出按钮盒，拉动拉杆，拿出巧克力，但次数也不像以前那么频繁了。现在最多每个星期两次。

实际上，她越来越坦然，有天下午她心里在想：有朝一日你会不会把按钮盒忘掉？

就在这时，她偶然发现报纸新闻上说，苏联的一处生化武器设施意外泄露出炭疽孢子，导致数百人死亡，还威胁到乡村安全 ①。她心想，她永远也不会忘掉按钮盒，不会忘掉红色按钮，不会忘掉她肩上的责任。到底是什么责任？她也不清楚，但是冥冥之中，她觉得这份责任就是，怎么说呢，要阻止事情失控。听起来很疯狂，但感觉就是这样。

一九七九年三月，高三即将结束时，格温迪从电视上看到宾夕法尼亚州三里岛核电站发生核熔化。她对这起事件很痴迷，不停梳理她能找到的新闻报道，主要是想弄清楚这起事故对周边社区、城市和州县会带来什么影响。对于事故影响她很担心。

她安慰自己，如果她必须毁灭三里岛的话，她会按下红色按钮。不过，琼斯镇发生的惨剧依然在她脑海里盘桓。到底是这个疯狂的邪教头目本来就想这么干，还是她以某种方式诱发了这起悲剧？到底是那些护士本来就想毒杀孩子们，还是格温迪·彼得森助长了她们的疯狂，让她们实施了暴行？如果按钮盒像《猴爪》② 中的魔爪一样怎么办？如果她加剧了这些惨剧怎么办？

---

① 1979 年，苏联斯维尔德洛夫斯克一实验室发生炭疽粉末泄露，造成数百人伤亡。
② 《猴爪》是英国小说家雅各布斯（1863—1943）最著名的恐怖小说，曾被多次改编成电影和剧本，斯蒂芬·金的长篇小说《宠物公墓》深受其影响。

　　琼斯镇大屠杀事件发生时，我还不太明白。现在我明白了。这难道不是法里斯先生从一开始就信任我的原因吗？在适当的时机采取适当的行动。

　　当三里岛的局势最终得到控制，而且后续研究表明事故不会造成进一步危害时，格温迪喜出望外——她感到如释重负，感觉像躲过了一颗子弹一样。

20

学年结束前最后一个星期四早上，格温迪走进学校后就发现，几位老师和一群女生围在自助餐厅门前，个个表情严肃，好几个人都哭了。

"怎么了？"她在储物柜旁问乔西·温赖特，她们两个人共用一个储物柜。

"什么怎么了？"

"同学们都在大厅里哭。大家看起来都很沮丧。"

"哦，这个啊，"乔西说得很随意，像是在说她早上吃了什么早餐一样，"有个女生昨晚自杀了。从自杀阶梯上跳了下去。"

格温迪顿时感到浑身冰凉。

"哪个女生？"她的声音很低，因为她恐怕已经知道女生的名字。她不清楚自己是怎么知道的，她就是知道。

"叫奥利芙……什么来着……"

"凯普尼斯。她叫奥利芙·凯普尼斯。"

"对，就是奥利芙·凯普尼斯。"乔西一边说，一边开始哼《死亡进行曲》。

格温迪想照她长满雀斑的脸上抽一巴掌，但她连胳膊都抬不起来。她整个身体都麻木了。过了一会儿，她移动双腿，走出校园，钻进车里。她直接开回家，将自己反锁在卧室里。

21

　　都是我的错，格温迪把车开进维尤堡休闲公园停车场时，她已经责备了自己一百遍。时间已经临近午夜，碎石路面停车场里空荡荡的。*如果我们还是好朋友的话……*

　　她告诉爸妈说，她跟学校的一帮女同学住在玛吉·比恩家里——大家分享有关奥利芙的故事，追忆她，互相安慰一下悲痛的心情——爸妈相信了她说的话。他们不知道，格温迪早就不跟奥利芙那帮朋友来往了。格温迪现在交往的朋友根本不认识奥利芙。除了在学校走廊里说一声"嗨"，或者在超市里偶尔遇见以外，格温迪已经有六七个月没跟奥利芙说话了。她们最终在格温迪的卧室里言归于好，但是两人的友谊再也无法回到从前。这一点对格温迪来说还好，但是奥利芙太敏感了，太难伺候了，太……奥利芙了。

　　"都是我的错。"格温迪下车时喃喃自语。她愿意相信，这只是因为青春期焦虑的缘故——用她爸爸的话说，这是青少年"什么事情都跟我有关"的情结——但她总是难以释怀。她情不自禁地以为，如果她和奥利芙还是好朋友，奥利芙现在肯定还活着。

　　今晚没有月亮，她也忘记带手电筒，但是对她来说没关系。她在黑暗的夜色中轻快地朝自杀阶梯走去，甚至不知道自己去那儿干什么。

走到公园中间，她突然意识到自己根本不想去自杀阶梯。实际上，她再也不想看见自杀阶梯。因为——这么想可能很疯狂，但是在黑暗中，这么想倒是很真实——如果她爬到半路遇到奥利芙怎么办？看到她的脑袋扁了，一只眼睛耷拉在脸上怎么办？如果奥利芙把她推下阶梯怎么办？或者劝她跳下去呢？

格温迪转身爬进她可爱的小嘉年华中，开回家。她突然想，她肯定不会再让任何人从这些阶梯上跳下去。

22

五月二十五日，星期五，凌晨一点到六点之间，维尤堡休闲公园东北角部分损毁。这座历史悠久的阶梯和观景平台，连同近半英亩的州有土地一起崩塌，留下大堆钢铁、泥土和碎石。

无数政府工作人员正在现场勘查，以便确定事故原因是自然灾害还是人为导致。

"这起事故令人匪夷所思，具体原因现在还无法确定，"城堡岩镇治安官乔治·班纳曼说，"目前尚不清楚，是附近区域发生了小型地震，还是有人蓄意破坏了阶梯。我们计划从波特兰调集更多调查人员，但是他们得明天上午才能抵达，因此我们最好到时候再发表意见。"

最近，随着一名十七岁女孩的尸体在悬崖底部被发现，维尤堡成了灾难的现场……

23

此后，格温迪一连病了好几天。彼得森先生和彼得森太太以为女儿是由于悲伤过度才发烧、肚子痛，但真相格温迪心里最清楚。是因为按钮盒。这是她按下红色按钮必须付出的代价。她听到崩塌的岩石呼啸的声音，她不得不冲进洗手间呕吐。

她挣扎着冲了个澡，换上运动裤和长T恤，参加星期一上午奥利芙的葬礼。若不是妈妈再三催促，格温迪肯定不会离开卧室。她甚至想在卧室里待到二十四岁甚至更久。

教堂里座无虚席。城堡岩镇高中大多数人都来了——包括老师和学生。连弗朗基·斯通也在现场，他坐在教堂后面傻笑——格温迪讨厌大家这么做作。奥利芙活着的时候他们没一个人喜欢她。甚至没有一个人认识她。

是的，没人像我这么喜欢她，格温迪心想，至少我采取了行动。是这样的。再也不会有人从自杀阶梯上跳下去。永远不会。

葬礼结束后，格温迪从墓地往她爸妈的车旁走，这时有人喊她。她转过身，看到奥利芙的爸爸。

凯普尼斯先生个头不高，胸围宽大，脸颊红润，眼睛和善。格温迪一直很喜欢他，她和奥利芙的爸爸特别投缘，或许是因为他们都曾受肥胖困扰，抑或是因为凯普尼斯先生是格温迪见过的最和善的人。

在葬礼上，她尽力保持振作，但是现在，看到奥利芙的爸爸走过来，朝她伸出胳膊，格温迪再也控制不住自己的情绪，她开始啜泣。

"没事儿，亲爱的，"凯普尼斯先生说着，投来一个熊抱，"没事儿，亲爱的。"

格温迪使劲摇头。"这不……"她的脸上涕泪横流。她用衣袖擦了一把。

"听我说。"凯普尼斯先生弯下腰，确保格温迪看着他。本来爸爸不应该来安慰朋友——奥利芙以前的朋友——但是他却这么做了。"要好好的。我知道，你现在肯定不好受，但是必须好好的。明白吗？"

格温迪一边点头，一边低声说："我明白。"她只想回家。

"格温迪，在这世上，你是她最好的朋友。过几个星期，你可以到家里来看我们。我们可以坐下来，吃顿午饭，聊一聊。我想我们这么做奥利芙会很欣慰。"

说到这里，格温迪再也受不了了。她转身跑到车上，留下她爸妈在身后不停道歉。

由于发生了这起悲剧，学校最后两天的课取消了。接下来的一周，格温迪大部分时间都躺在沙发上，蒙着毯子。她做了很多噩梦，经常从梦中惊醒——最恐怖的一个梦里，有个身穿黑色西装、头戴黑色帽子的男人，本来该长着眼睛的地方却长着一对闪光的银币。她担心说梦话，担心爸妈听到她的梦话。

最终，高烧消退，格温迪又恢复正常。她暑假大部分时间都在零食店上班。不上班的时候，她就在城堡岩太阳炙烤的路上慢跑，或是锁在卧室里听音乐，抑或找些事做，让自己无暇思考。

按钮盒依旧藏在衣柜里面。格温迪仍然会想起按钮盒，但她再也不想动它。不想吃巧克力，也不想要银币。平常，她讨厌按钮盒，讨厌与按钮盒有关的记忆，甚至幻想着将它处理掉。用长柄锤将它砸碎，或者用毯子把它包起来，开车带到垃圾场去。

可她心里清楚，她不能这么做。*如果有人发现按钮盒怎么办？如果有人按下按钮怎么办？*

她任凭按钮盒留在衣柜的阴影里，任凭蜘蛛在上面结网，任凭灰尘落在上面。*让这鬼东西烂掉吧，我才不在乎呢，*她心想。

24

格温迪正在后院里，一边晒日光浴，一边用索尼随身听听鲍勃·西格与银子弹乐队的歌，彼得森太太端着一杯冰水走出来。妈妈把杯子递给格温迪，坐到草坪长椅的一头。

"还好吗，亲爱的？"

格温迪取下耳机，喝了一口水。"我很好。"

彼得森太太看了她一眼。

"好吧，或许不怎么好，但比之前好点儿。"

"但愿如此吧。"她在格温迪腿上捏了一下，"如果你想跟我和你爸聊聊的话，我们随时愿意听。聊什么都行。"

"我知道。"

"你太安静了。我和你爸有些担心你。"

"我……心里很乱。"

"还没准备好去拜访凯普尼斯先生吗？"

格温迪没有回答，只是摇摇头。

彼得森太太从椅子上站起身。"你要记住一件事。"

"什么事？"

"事情会慢慢好起来的。一切都会好起来的。"

奥利芙的爸爸大概也是这么说的。格温迪希望这句话是真的，但她心里有些怀疑。

　　"哎，妈?"

　　彼得森太太停下来，转过身。

　　"我爱你。"

25

事实证明，凯普尼斯先生说得不对，彼得森太太说得对。不可能像没事儿一样，但是随着时间的推移，事情会慢慢好起来。

格温迪遇到一个男生。

男生名叫哈里·斯特里特，十八岁，个头很高，相貌英俊，性格幽默。他是新来的（由于他爸工作调动，他家几个星期前才搬到城堡岩），俩人就算不是一见钟情，也近似一见钟情。

格温迪当时站在零食店柜台后面，销售成桶的奶油爆米花、乐塔菲软糖、跳跳糖和数以加仑计的苏打水。这时，哈里和他弟弟走进店里。她一眼就注意到了他，他也注意到了格温迪。等到该他点餐时，俩人擦出了火花，谁都说不出一句完整的话来。

第二天晚上，哈里又来到店里，这次他是一个人来的，电影《鬼哭神嚎》①和《鬼追人》②还在播放，但他又开始排队。这一次，除了点一小桶爆米花和一杯苏打水之外，他还要了

① 美国历史／惊悚电影，1979 年 7 月 27 日上映。
② 美国悬疑／恐怖电影，1979 年 3 月 28 日上映。

格温迪的电话号码。

第二天下午他打电话给格温迪，晚上，他开着苹果红色的野马敞篷车来接格温迪。他长着金发蓝眼，活像电影明星。第一次约会，他们去打了保龄球，吃了披萨，第二次约会去了盖茨福尔斯溜冰场溜冰，从此以后，俩人变得难解难分。他们到城堡湖野餐，白天去波特兰参观博物馆、逛商场，看电影，散步。他们甚至一起慢跑，两人跑起来步调出奇地一致。

等到开学时，格温迪的银项链上戴着哈里的校戒。她还在琢磨怎么开口向妈妈请教避孕知识（直到开学两个月后，格温迪才向妈妈开口，但是等她开口时，她长舒一口气，妈妈不仅表示理解，还打电话替她约好医生——妈妈，你真棒）。

格温迪身上还发生了其他变化。令教练和队友意想不到的是，格温迪决定放弃女子足球队高四赛季的比赛。她的心思完全不在比赛上。而且，哈里也不喜欢体育运动，他很喜欢摄影，这样的话他们就能花更多时间待在一起。

格温迪不记得自己什么时候像现在这样开心。按钮盒时不时地仍然会浮现在她脑海里，但是按钮盒的经历就像是儿时的梦一样。法里斯先生。巧克力礼物。银币。红色按钮。这些都是真的吗？

但是跑步是不容商量的。十一月下旬，室内田径赛季到来时，格温迪已经做好准备。每次比赛哈里都站在场外，一边给她拍照，一边为她加油鼓劲。尽管她从夏天一直训练到秋天，在县赛中却只遗憾地得了第四名，这是她高中期间第一次没有进入州赛。十二月份的期末考试，她还得到两个 B。圣诞节假期第三天早上，格温迪醒来，到走廊的洗手间里撒尿。撒完尿，她用右脚将体重秤从浴室柜底下勾出来，站了上去。直觉很准：她的体重增加了六磅。

格温迪一开始想冲回走廊，锁上卧室门，翻出按钮盒，拉动小拉杆，吃一枚巧克力。她甚至能听到耳畔响起喊声：固特异！固特异！固特异！

但她并没有这么做。

她放下马桶盖，坐了上去。看吧，我这个田径赛季搞砸了，期末得了两个B（其中一门是勉强得了B，这一点她爸妈还不知道），几年来我第一次长胖了（长了整整六磅！）——但我仍然感觉前所未有地快乐。

我不需要按钮盒，她想。关键是，我不想用按钮盒。想到这里，她感到心旷神怡，她步履轻盈、一脸笑容地回到卧室。

第二天早上，格温迪在衣柜的底板上醒来。

她怀里抱着按钮盒，像是抱着情人一样。右手拇指距离黑色按钮不足半英寸。

她忍住尖叫，将手抽开，像螃蟹一样从衣柜里爬出来。挪出安全距离后，她站起身，惊奇地发现按钮盒的小木架打开了。木架上放着一枚精致的巧克力礼物：一只鹦鹉，精细的羽毛惟妙惟肖。

格温迪很想冲出卧室，关上门，永远不再回去——但她知道，她做不到。那她该怎么办呢？

她蹑手蹑脚地接近按钮盒，走到距离按钮盒几英尺远的地方，她脑海里突然闪现出一只伏在巢穴里沉睡的野兽，她想：按钮盒并不会赋予我力量，按钮盒本身就是力量。

"但是我不会。"她喃喃自语。不会干什么？"不会屈服。"

在她退缩之前，突然从小木架上抓起巧克力。她退着走出卧室，不敢背对按钮盒，快速穿过走廊走进洗手间，将巧克力鹦鹉扔进马桶，冲了下去。

过了一会儿，一切正常。她想按钮盒这是睡着了，但她不信，一点儿都不相信。即使按钮盒睡着了，它也睁着一只眼睛。

28

格温迪高中生活最后一个学期一开始，发生了两件改变她人生的事：一是她提交给布朗大学心理学专业的申请被提前批准，二是她和哈里初尝了禁果。

过去几个月，他们几次尝试都没成功——格温迪已经吃了几个月避孕药——但是每次到了关键时候，她都没做好准备，绅士的哈里·斯特里特并没有强迫她。最终，俩人在哈里点着蜡烛的卧室里上了床，那天哈里的爸爸办了一场盛大的工作派对。第一次的经历既笨拙又美好。为了改善效果，接下来的两个晚上，格温迪和哈里又在哈里的野马车后座上做了两次。后座空间很挤，但是感觉越来越好。

到了春天，格温迪继续从事室外田径运动，在前两场比赛进入前三。目前，她的各门成绩都是 A（但是历史成绩是91 分，徘徊在危险边缘），自从圣诞节前一个星期开始，她再也没有称过体重。她已经受够了这种无聊的行为。

她有时还会做噩梦（最吓人的噩梦仍然是那个西装革履的男人长着一双银币眼睛），她仍然知道，按钮盒想要她回去，但她尽力不想按钮盒的事。大多数时间里，她很成功。这得感谢哈里，感谢她所谓的新生活。她经常做白日梦，梦到法里斯先生回来取按钮盒，解除她肩上的责任。或许这个盒子最终会忘记她。这对外人来说可能很愚蠢，但是格温迪越来越觉得这个盒子有生命。

不过，按钮盒不可能忘记她。四月份，一个春风和煦的下午，格温迪和哈里正在城堡岩高中棒球场外放风筝（哈里拖着风筝出现在格温迪家门口时，格温迪很高兴），这时她发现了这个事实。她发现学校边上的树林上方出现一个深色的小物体。一开始她以为是一只小动物，可能是只小兔子或是土拨鼠。但是，当它不断靠近——这东西似乎直接朝着他们走过来——她才意识到这根本不是什么动物，而是一顶帽子。

哈里正拿着线轴，睁大眼睛盯着红、白、蓝相间的风筝，脸上带着笑容。他没有留意帽子正朝着他们走来，不是顺风移动，而是顶风移动。他没有留意，帽子靠近他们时，速度慢了下来，然后突然改变方向，在他受惊的女朋友身边打了个转——仿佛是亲吻她，向她问好——然后又飞快掠过，消失在三垒旁的露天看台后面。

哈里丝毫没有留意这一幕，因为他沉醉在城堡岩镇这个美好的春日下午，沉醉在年轻爱人的陪伴中，因为一切都很完美。

29

五月前半月，在各种课程、考试和毕业准备中糊糊涂涂地过了。订做毕业服和帽子，发送邮件通知毕业日期，确定毕业晚会安排。期末考试安排在五月十九日，城堡岩镇高中毕业典礼将在橄榄球场举行，时间定在接下来的星期二，也就是五月二十七日。

对格温迪和哈里来说，一切都已安排妥当。毕业典礼后，他们会换衣服去布里盖特·德雅尔丹家，参加全校规模最大、档次最高的毕业晚会。第二天一早，他们两个去波特兰卡斯科湾露营一周。露营回来，格温迪会到免下车零食店上班，哈里则去五金店上班。八月初，格温迪会跟哈里一家去海边度十天假。之后，大学生活随即开始（格温迪上布朗大学；哈里则在附近的普罗维登斯学院）。他们的生活即将揭开崭新的篇章。对此俩人已经迫不及待。

格温迪心想，一旦大学开学，她就得想好怎么处置按钮盒，但是这还是几个月后的事情，不是今晚的重点。此时此刻，格温迪面临的最大问题是，穿什么衣服去参加布里盖特家的晚会。

"天哪，"哈里笑着说，"随便挑一件就好啦。或者干脆穿

（**格温迪的按钮盒** | 87）

你身上这件就好。"她身上碰巧穿着胸罩和内裤。

格温迪戳了一下他的肋骨，翻到目录的下一页。"喂，你倒是站着说话不腰疼。你穿上牛仔裤和 T 恤衫，看起来就像个百万富翁。"

"你穿着内裤看起来就像个亿万富翁。"

他们趴在格温迪的床上。哈里抚摸着她的头发；格温迪正在翻看用亮光纸印刷的布朗大学招生简章。彼得森两口子出去跟邻居一起吃饭了，要很晚才回来。格温迪和哈里一个小时前回到家，格温迪略有些诧异地发现前门没锁，而且门半开着。（爸爸对于锁门是很谨慎的；爸爸常说，城堡岩镇再也不是以前那个乡村小镇喽。）但是每个人都会疏忽，再说爸爸年纪不轻了。格温迪和哈里脑子里都惦记着聚会的事——此前俩人还在她床上享受了三十分钟的鱼水之欢——两个人都没留意门锁周边有些碎木屑。那里还有些被撬过的痕迹。

"好啦，"哈里说，"反正你人美，穿什么都无所谓。"

"我只是不确定该穿无吊带礼服，还是穿飘逸点儿的夏装。"她把招生简章扔到一边，站起身，"来吧，你来帮我挑。"她走到衣柜前，打开柜门……衣柜门还没开，还没看到里面的人，她就闻到一股味道，那是啤酒、香烟和汗臭夹杂在一起的味道。

她准备转身叫哈里，但是根本来不及。一双有力的胳膊从阴影和衣服中间伸出来，把她拉到地上。这时，她才喊出声来："哈里！"

哈里已经从床上翻身起来。他冲到对方跟前，两人在一堆衣架和衣服中扭打到地上。

格温迪退到墙边，惊讶地看到弗朗基·斯通，身穿迷彩裤，戴着黑墨眼镜，穿着 T 恤，装扮成执行秘密任务的士兵模样，跟他的男友在地板上扭打。情况很糟糕，但是更糟糕的是，在衣柜下的地面上，衣服下面散放着一大堆银币……还有按钮盒。弗朗基等她进来，或者等哈里离开之际肯定看到了按钮盒。

他有没有按下按钮？

按的是非洲，还是欧洲？

两个年轻人撞到床头柜上。毛刷和化妆品倾泻而下。弗朗基的秘密特工墨镜飞了。哈里至少比弗朗基重三十磅，他把这个骨瘦如柴的混蛋按在地上。"格温？"他的声音听起来很镇定，"打电话报警。我已经把这个变态的小混……"

说到这里，事情变糟了。弗朗基是长得骨瘦如柴，身上没长多少肌肉，但是蛇身上也没长多少肉。他像蛇一样，开始扭动身体，然后抬起一只膝盖，猛顶哈里的裆部。哈里发出"噢"的一声，倒向前方。弗朗基腾出一只手，叉起手指戳进哈里的眼睛。哈里惨叫一声，一只手捂住脸，倒向一边。

格温迪站起身，看到弗朗基朝他跑来，一只手试图抓住她，另一只手试图从迷彩服的口袋里掏什么东西。在他够到格温迪之前，哈里截住他，俩人又滚进衣柜，把长裙、短裙、内裤和上衣扯得到处都是。因此，格温迪只看到一堆衣服上下抖动。

然后，一只手伸了出来——一只文着蓝色条纹的脏手。这只手一开始漫无目的地乱抓，然后摸到按钮盒。格温迪准备尖叫，却喊不出声；喉咙仿佛卡住了一般。按钮盒的一角甩下来。一次……两次……三次。第一次砸在哈里头上，由于头上有衣服，声音变得模糊不清，第二次声音更大。第三次砸下去，发出一声令人恶心的碎裂声，仿佛树枝折断的声音，盒子一角沾满了血和头发。

衣服撑了起来，滑到一边。弗朗基走出来，一只有文身的手仍然拿着按钮盒。他咧嘴大笑。格温迪看到哈里在他身后。他的眼睛已经闭上，嘴巴大张着。

"不知道这是什么东西，小妞儿，不过砸起来真带劲。"

她从他身边飞奔过去。他并没有拦住她。她在哈里身边跪下来，用一只手扶起他的头。她将另一只手的手掌放到他的嘴巴和鼻子上，心里顿时明白了。以前盒子很轻，但是今晚盒子变得很沉，因为它想变得很沉。弗朗基·斯通用按钮盒砸碎了哈里·斯特里特的颅骨。她的掌心没有摸到呼吸。

"你杀了他！你这个杂种，你杀了他！"

"是啊，没错。那又怎么样。"他似乎对这个死去的男孩一点都不感兴趣；他的眼神急切地爬到格温迪身上，格温迪意识到他已经疯了。能毁灭整个世界的按钮盒，就掌握在这个自以为是绿色贝雷帽或者海豹突击队的疯子手中。"这是什么东西？和银币放在一起？这东西值多少钱，格温妮？这些按钮是干什么的？"

他摸了一下绿色按钮，又摸了一下紫色按钮，当他肮脏的大拇指移动到黑色按钮上时，格温迪做出了她唯一能做的举动。不过她想都没想，就开始行动。她的胸罩从前面开口，这时她解开胸罩。"你是想玩这些按钮，还是想玩我这个？"

弗朗基咧开嘴，嘴里的牙齿可能会吓跑久经考验的牙医。他又把手伸进口袋，掏出一把匕首。这把匕首让她想起莱尼的那把，但是这把上面没有刻"永远忠诚"这几个字。"滚到床上去，舞会皇后。不要着急脱内裤。我要用刀给你挑开。如果你乖乖躺着，我可能不会挑到你的肉。"

"是不是他派你来的？"格温迪问道。现在她屁股坐在床上，脚放在地上，她蜷起腿挡住乳房。如果幸运的话，这个混蛋只能看她一眼。"是不是法里斯先生派你来拿回盒子？是不是他想让你保管盒子？"尽管事实摆在面前，她还是很难相信。

他皱起眉头。"谁？"

"法里斯。黑色西装？还有想去哪里就去哪里的小黑帽？"

"我不认识什么法……"

　　说到这里，她冲了上去，这次她也是想都没想……事后，她想按钮盒可能在防备她。他双目圆睁，握着匕首的手往前刺，匕首穿透她的脚，从另一边刺出来，血流如注。她尖叫一声，脚跟蹬到弗朗基的胸口，把他踢倒在衣柜里。她抓起按钮盒，同时按下红色按钮，怒吼一声："烂到地狱去吧！"

一九八四年六月，格温迪·彼得森以优等生的成绩从布朗大学毕业。高四春季过后，她再也没有参加赛跑；当初住院时，她脚上的刀伤感染，感染最终被消除，但她的脚被切除了一块。直到现在，她走路还略有些跛，不仔细看倒是看不出来。

毕业典礼之后，她跟爸妈一起出去吃饭，一家人很开心。彼得森夫妇特意破了酒戒，拿了一瓶香槟为女儿庆祝。格温迪即将进入哥伦比亚大学研究生院，或者——也有可能——去爱荷华大学作家班。她可能想写一本小说。或许不止一本。

"遇到心仪的男生了吗？"彼得森太太问。她脸上已有酒意，眼睛变得炯炯有神。

格温迪摇摇头，笑了。"目前还没有。"

她心想，将来也不会有。她心中已经有了一个，就是那个有八个按钮两个拉杆的盒子。她仍会时不时地吃一枚巧克力，但很多年都没动过银币了。她曾经拥有的银币也都没了，每次处理掉一两块，买书、交房租（天哪，她住的可是单身公寓），还把福特嘉年华换成了斯巴鲁傲虎（妈妈为此很生气，但她最后接受了）。

"嗯，"彼得森先生开口说，"你还年轻，会有的。"

"对。"格温迪笑着说，"有的是机会。"

格温迪打算在城堡岩过暑假，因此，爸妈回到酒店后，她开始打包剩下的东西，将按钮盒藏在行李箱最底下。在布朗大学读书期间，她把这个烫手的山芋存放在罗德岛银行的保管箱里。她真希望自己早就想到这么做，但是，她得到按钮盒的时候还是个孩子。去他的，小孩子知道什么？孩子们只晓得把宝贝藏在树洞里，或者藏在地下室的墙洞中，任凭洪水侵蚀，抑或藏在衣柜里。天哪，藏在衣柜里！等她到了哥伦比亚大学（或者爱荷华大学，如果作家班接受她的话），她会继续把盒子存到银行保管箱里。她想，盒子会永远待在那里。

上床之前，她想吃一块咖啡蛋糕，喝了一杯牛奶。她走到客厅，突然停下脚步。在她过去两年学习的书桌旁，摆着哈里·斯特里特相框的地方，放着一顶精致的小黑帽。毫无疑问，这顶帽子就是她和哈里放风筝那天出现在棒球场的帽子。那天他们多开心啊，或许是人生中最后一个开心的日子。

"来吧，格温迪，"法里斯先生从厨房里喊道，"就像南方人说的，进来坐会儿。"

她走进厨房，感觉身体已经不受自己控制。法里斯先生身穿整洁的黑色西装，年龄一点都没变。他坐在餐桌前，面前摆着一块咖啡蛋糕和一杯牛奶。格温迪的蛋糕和牛奶也摆好了。

他上下打量她，不过——就像十年前他第一次在自杀阶梯顶上看到她一样——他眼里一丝歹意都没有。"你已经出落成一个漂亮的大姑娘了，格温迪·彼得森！"

她并没有感谢对方的恭维，只是坐下来。她早就盼着这场对话。或许对法里斯来说并非如此，他有自己的安排，他总是按照自己的安排行事。她说："我出去的时候锁了门的。我一直这么做。我回来的时候门依然锁着。哈里死后，我已经养成了这个习惯。你认识哈里吗？如果你知道我想吃咖啡蛋糕和牛奶，我想你肯定认识。"

"当然认识。你的很多事我都知道，格温迪。门锁嘛……"他挥挥手，像是在说"别提了"。

"你是来拿盒子的吗？"她的声音既迫切又勉强。很矛盾，但个中滋味她心里最清楚。

他没理会她，至少现在没理会她。"我说了，你的很多事我都知道，但是斯通去你家那天发生的事我真不知道。按钮盒有危难时刻——也可以说是真相时刻吧——一旦到了这种时候，我的预知能力……就会丧失。告诉我，发生了什么事？"

"我必须这么做吗？"

他举起一只手，挥了挥，仿佛在说"随你的便"。

"我谁都没说。"

"我猜你肯定也不想说。但这是你的一个机会。"

"我说，我希望他烂到地狱去，一边说一边按下红色按钮。我并不想这样，但他杀了我心爱的男生，还拿刀刺穿了我的脚，结果就这样了。我从没想过他会……"

他真下地狱了。

她沉默了，眼前浮现起当时的情景。弗朗基的脸色变黑，他的眼睛先是变得浑浊，继而往前凸出。嘴巴耷拉下来，下嘴唇像弹簧坏掉的百叶窗一样。他的尖叫——透着惊讶？痛苦？抑或既惊讶又痛苦？她不知道——牙齿从腐烂的牙床上崩落。下巴松动，跌到胸前；脖子裂开，发出令人恐怖的撕裂声。脸颊脱落，化作两道脓水，仿佛腐烂的帆布。

"我不知道他是否下了地狱，但他肯定是腐烂了。"格温迪说。她推开咖啡蛋糕。她吃不下去。

"说说你是怎么做的？"他问道，"告诉我。你肯定思考得很快。"

"我不知道我有没有思考。我一直想是不是按钮盒在代替我思考。"

她希望他能回应，但他没有回应。于是她继续说下去。

"我闭上眼睛，一边想象着弗朗基消失了，一边又按下红色按钮。我尽力集中精神，当我睁开眼睛时，发现衣柜里只剩下哈里。"她惊奇地摇头，"起作用了。"

"当然起作用了，"法里斯先生说，"红色按钮……怎么说呢？功能很丰富。是的，就是这样。但是十年来，你只按了几次，说明你的意志力和自制力都很强。我要向你致敬。"他端起牛奶示意。

"哪怕只按一次，我都嫌太多，"她说，"是我制造了琼斯镇惨案。"

"你太高估自己了，"他尖刻地说，"吉姆·琼斯才是罪魁祸首。这个所谓的救世主简直就是个过街老鼠。他是个偏执狂、恋母狂，脑子里充满各种致命的妄想。还有你的朋友奥利芙，我知道你一直对她的死感到内疚，但是我向你保证，实情并非如此。用你的话说，奥利芙有问题。"

她惊诧地看着他。她的生活，他到底偷窥了多少？他是不是像变态（就像弗朗基·斯通）一样翻看她的内裤抽屉？

"问题一方面出在她继父身上。他……怎么说呢？……他糟蹋了她。"

"你说的是真的吗？"

"千真万确。至于斯通身上发生的事，你应该知道。"

她的确知道。警方认为，在城堡岩镇他至少牵涉四起强奸案，另外还有两起强奸未遂。或许克利夫斯米尔斯发生的一起强奸谋杀案跟他也有关系。这起案子警方不太确定，但是格温迪对此深信不疑。

"斯通已经盯了你很多年，格温迪，他死有应得。是他杀了斯特里特先生，不是按钮盒杀的。"

她根本听不进去。她想起平时不愿去想的事。"我告诉警察，哈里阻止了弗朗基强奸我，然后他们打斗起来，哈里被杀，弗朗基跑了。我猜警方仍然在寻找弗朗基的下落。我把盒子和银币藏在化妆台里。我本来想着把高跟鞋蘸上哈里的血，以便解释……头上的……但是我做不到。后来，根本没人关注这个细节。警方认为弗朗基带着凶器跑了。"

法里斯先生点点头。"这绝对不能算是圆满的结局，但已经是最理想的结局了。"

格温迪脸上露出痛苦的笑容，看起来她远不止二十二岁。"被你说得这么乐观。好像我是圣人格温迪一样。我自己心里清楚。如果你没有给我这个臭盒子，事情就不会是这样。"

"如果李·哈维·奥斯瓦尔德没去得克萨斯州教科书仓库大楼上班，肯尼迪还能完成任期呢，"法里斯先生说，"你可以设想很多如果，这么想能把你逼疯，姑娘。"

"不管怎么说，法里斯先生，如果你没给我这个盒子，哈里肯定还活着。奥利芙肯定也活着。"

他沉思了一下。"哈里嘛，倒是有可能。可能会活下来。至于奥利芙，她必死无疑。相信我，她的死与你无关。"他笑了，"我有个好消息！你会被爱荷华大学录取！你的第一本小说……"他咧嘴大笑，"嗨，还是给你留个惊喜吧。我只能说，你领奖的时候，肯定想穿上最美的裙子。"

"领什么奖？"她既惊讶又贪婪，迫切地想知道更多消息。

他又挥挥手，又做了个"别提了"的手势。"我说得已经够多了。再说下去，我就会改变你的未来，你还是别诱惑我了。你要是诱惑我，我真会告诉你。因为我太喜欢你了，格温迪。你的守护工作做得……很出色。我知道这份担子很重，像是背上扛了一袋无形的石头，但是你永远也不会知道你立下了多大功劳，避免了多少灾难。如果盒子被人滥用——你从来没有滥用，说实在的，你在圭亚那的实验室只是出于好奇——它的破坏力十分惊人。如果妥善保管，它又能积德行善。"

"我爸妈差点染上酗酒的毛病，"格温迪说，"回头来看，这一点我几乎可以肯定。但是他们都戒了酒。"

"是啊，谁知道，在你保管盒子期间，本来会发生多少恐怖事件？连我都不知道。发生大规模屠杀？纽约中央火车站发生背包炸弹爆炸？国家领导人被暗杀并导致第三次世界大战爆发？按钮盒并没有阻止一切——我们都看了报纸——但是我可以告诉你，它阻止了很多事情。很多很多。"

"现在呢？"

"现在我想请你把盒子还给我。你的任务完成了——至少你的这部分任务完成了。你还有很多事情要与全世界分享……整个世界都会聆听。你可以为人们提供消遣，这对任何人来说，都算得上是一种莫大的恩赐。你会让人发笑，让人哭泣，让人害怕，让人沉思。等你三十五岁，你会用电脑打字，再也不用打字机，打字机和电脑不就是按钮盒吗？你会健康长寿……"

"能活多久？"她又觉得自己既贪婪又勉强。

"这我不能说，不过等你死的时候，你的周围会围满朋友，你会身穿漂亮的睡衣，上面缀着蓝色花边。阳光会照进你的窗户，咽气之前，你会看到窗外有一群鸟儿飞向南方。最后看一眼这个世界的美景。或许会感到一点痛苦，但不会太多。"

他吃了一口咖啡蛋糕，然后站起身。

"很好吃，但是我要迟到了。请把盒子给我。"

"下一个看护人是谁？是不是也不能说？"

"不好说。我相中了佩斯卡德罗镇上的一个男孩，小镇距离旧金山大约一个小时。希望你永远不会见到他，格温迪。他会成为跟你一样出色的守护人。"

他弯下腰，亲吻她的脸颊。他的嘴唇挨上来，让她感觉很开心，跟吃了巧克力动物一样。

"盒子在我行李箱里面最底下，"格温迪说，"在卧室里。行李箱没上锁……不过就算上锁了，对你来说也没关系。"她先是笑了，然后开始哭泣，"我……不想再碰这个盒子了，看都不想看。因为如果我看一眼……"

他面带笑容，但眼神很严肃。"看一眼，你就想把它留下来。"

"对。"

"那在这儿坐着吧。吃你的咖啡蛋糕。蛋糕真不错。"

他留下她一个人。

格温迪坐着没动。她慢吞吞地吃着咖啡蛋糕，咬一小口，就抿一小口牛奶。她听到行李箱盖开启时发出的吱嘎声，继而又听到行李箱盖合上的吱嘎声。然后门闩啪的一声小心关上。她听到脚步声走到门口，停了一下。他会说再见吗？

他并没有说再见。门开了，又轻声关上。理查德·法里斯先生，在维尤堡自杀阶梯顶端的长凳上第一次走进她的生命，现在又从她的生命中消失。格温迪又坐了一会儿，吃完最后一口蛋糕，心里想着她要写的书。这本书是关于缅因州一个小镇上发生的传奇，小镇跟她所在的小镇很像。书中有爱情，有恐怖故事。她还没有做好准备，但是她想自己很快就能做好准备。需要两年吧，最多五年。然后，她坐在打字机旁——这就是她的按钮盒——开始敲击键盘。

最后，她起身走进客厅。她脚步轻盈。她已经感到身体轻盈。小黑帽已经从桌上消失，但他给她留下了一份礼物：一枚一八九一年的摩根银币。她捡起银币，上下翻动，崭新的表面闪闪发光。她笑着将银币装进口袋。